COLLECTION FOLIO

Jules Verne

Les révoltés de la Bounty

suivi de

Maître Zacharius

Gallimard

Né en 1828 à Nantes, dans un milieu aisé, Jules Verne est le fils d'une grande famille d'avocats. Destiné à reprendre la charge d'avoué de son père, le jeune homme arrive à Paris en avril 1847 pour faire son droit. Mais l'attrait de la gloire et de la littérature a raison des ambitions de son père pour lui : « Je puis être un bon littérateur et ne serais qu'un mauvais avocat ne voyant dans toute chose que le côté comique et la forme artistique. » Il se lie avec Alexandre Dumas fils et écrit plusieurs pièces, dont *Les Pailles rompues* que Dumas, alors directeur du Théâtre lyrique, monte en 1850. Succès relatif... Passionné par les progrès de la science et ami de l'explorateur Jacques Arago, il rêve d'écrire des « voyages extraordinaires ». Jeune marié, il devient agent de change pour gagner sa vie, tout en continuant à publier des nouvelles, des pièces et des opérettes. En 1863, l'éditeur Pierre-Jules Hetzel est séduit par le manuscrit de *Cinq Semaines en ballon* et s'attache Jules Verne à raison de trois puis deux livres par an ! *Cinq Semaines en ballon* est aussitôt un succès européen et les romans se succèdent rapidement : *Voyage au centre de la Terre* (1864), *De la Terre à la Lune* (1865), *Les Enfants du capitaine Grant* (1867-1868), *Vingt Mille Lieues sous les mers* (1870), *Le Tour du monde en quatre-vingts jours* (1873), etc. Ce roman, ainsi que *Michel*

Strogoff (1876), fait la fortune de Jules Verne. Après de nombreux voyages, il s'installe à Amiens, pays de sa femme, où il meurt en mars 1905.

Écrivain visionnaire, il a laissé une œuvre d'une extraordinaire inspiration, a influencé des générations d'écrivains et passionne toujours des milliers de lecteurs.

Découvrez, lisez ou relisez les livres de Jules Verne :

AVENTURES DU CAPITAINE HATTERAS (Folio n° 4176)

LE BEAU DANUBE JAUNE (Folio n° 3719)

LA CHASSE AU MÉTÉORE (Folio n° 4035)

EN MAGELLANIE (Folio n° 3201)

LE PHARE DU BOUT DU MONDE (Folio n° 4036)

LE SECRET DE WILHELM STORITZ (Folio n° 3202)

LE TOUR DU MONDE EN 80 JOURS (Folioplus classiques n° 32)

VINGT MILLE LIEUES SOUS LES MERS (Folio n° 4175)

LE VOLCAN D'OR (Folio n° 3203)

LES RÉVOLTÉS
DE LA BOUNTY

(1879)

I

L'abandon

Pas le moindre souffle, pas une ride à la surface de la mer, pas un nuage au ciel. Les splendides constellations de l'hémisphère austral se dessinent avec une incomparable pureté. Les voiles de la *Bounty* pendent le long des mâts, le bâtiment est immobile, et la lumière de la lune, pâlissant devant l'aurore qui se lève, éclaire l'espace d'une lueur indéfinissable.

La *Bounty*, navire de deux cent quinze tonneaux monté par quarante-six hommes, avait quitté Spithead, le 23 décembre 1787, sous le commandement du capitaine Bligh, marin expérimenté mais un peu rude, qui avait accompagné le capitaine Cook dans son dernier voyage d'exploration[1].

1. Nous croyons bon de prévenir nos lecteurs que ce récit n'est point une fiction. Tous les détails en sont pris aux annales maritimes de la Grande-Bretagne. La réalité fournit quelquefois des faits si romanesques que l'imagination elle-même ne pourrait rien y ajouter.

La *Bounty* avait pour mission spéciale de transporter aux Antilles l'arbre à pain, qui pousse à profusion dans l'archipel de Tahiti. Après une relâche de six mois dans la baie de Matavai, William Bligh, ayant chargé un millier de ces arbres, avait pris la route des Indes occidentales, après un assez court séjour aux îles des Amis.

Maintes fois, le caractère soupçonneux et emporté du capitaine avait amené des scènes désagréables entre quelques-uns de ses officiers et lui. Cependant, la tranquillité qui régnait à bord de la *Bounty*, au lever du soleil, le 28 avril 1789, ne faisait rien présager des graves événements qui allaient se produire.

Tout semblait calme, en effet, lorsque tout à coup une animation insolite se propage sur le bâtiment. Quelques matelots s'accostent, échangent deux ou trois paroles à voix basse, puis disparaissent à petits pas.

Est-ce le quart du matin qu'on relève ? Quelque accident inopiné s'est-il produit à bord ?

– Pas de bruit surtout, mes amis, dit Fletcher Christian, le second de la *Bounty*. Bob, armez votre pistolet, mais ne tirez pas sans mon ordre. Vous, Churchill, prenez votre hache et faites sauter la serrure de la cabine du capitaine. Une dernière recommandation : il me le faut vivant !

Suivi d'une dizaine de matelots armés de sabres, de coutelas et de pistolets, Christian se glissa dans l'entrepont ; puis, après avoir placé deux sentinelles devant la cabine de Stewart et de Peter Heywood, le maître d'équipage et le midshipman de la *Bounty*, il s'arrêta devant la porte du capitaine.

— Allons, garçons, dit-il, un bon coup d'épaule !

La porte céda sous une pression vigoureuse, et les matelots se précipitèrent dans la cabine.

Surpris d'abord par l'obscurité, et réfléchissant peut-être à la gravité de leurs actes, ils eurent un moment d'hésitation.

— Holà ! qu'y a-t-il ? Qui donc ose se permettre ?... s'écria le capitaine en sautant à bas de son cadre.

— Silence, Bligh ! répondit Churchill. Silence, et n'essaye pas de résister, ou je te bâillonne !

— Inutile de t'habiller, ajouta Bob. Tu feras toujours assez bonne figure, lorsque tu seras pendu à la vergue d'artimon !

— Attachez-lui les mains derrière le dos, Churchill, dit Christian, et hissez-le sur le pont !

— Le plus terrible des capitaines n'est pas bien redoutable, quand on sait s'y prendre, fit observer John Smith, le philosophe de la bande.

Puis le cortège, sans s'inquiéter de réveiller ou non les matelots du dernier quart, encore endormis, remonta l'escalier et reparut sur le pont.

C'était une révolte en règle. Seul de tous les officiers du bord, Young, un des midshipmen, avait fait cause commune avec les révoltés.

Quant aux hommes de l'équipage, les hési-
tants avaient dû céder pour l'instant, tandis que
les autres, sans armes, sans chef, restaient spec-
tateurs du drame qui allait s'accomplir sous leurs
yeux.

Tous étaient sur le pont, rangés en silence ; ils
observaient la contenance de leur capitaine, qui,
demi-nu, s'avançait la tête haute au milieu de
ces hommes habitués à trembler devant lui.

— Bligh, dit Christian, d'une voix rude, vous
êtes démonté de votre commandement.

— Je ne vous reconnais pas le droit..., répondit le capitaine.

— Ne perdons pas de temps en protestations
inutiles, s'écria Christian, qui interrompit Bligh.
Je suis, en ce moment, l'interprète de tout l'équipage de la *Bounty*. Nous n'avions pas encore quitté
l'Angleterre que nous avions déjà à nous plaindre de vos soupçons injurieux, de vos procédés
brutaux. Lorsque je dis nous, j'entends les officiers aussi bien que les matelots. Non seulement
nous n'avons jamais pu obtenir la satisfaction
qui nous était due, mais vous avez toujours re-
jeté nos plaintes avec mépris ! Sommes-nous donc
des chiens, pour être injuriés à tout moment ?
Canailles, brigands, menteurs, voleurs ! vous
n'aviez pas d'expression assez forte, d'injure assez
grossière pour nous ! En vérité, il faudrait ne pas
être un homme pour supporter pareille exis-

tence ! Et moi, moi votre compatriote, moi qui connais votre famille, moi qui ai déjà fait deux voyages sous vos ordres, m'avez-vous épargné ? Ne m'avez-vous pas accusé, hier encore, de vous avoir volé quelques misérables fruits ? Et les hommes ! Pour un rien, aux fers ! Pour une bagatelle, vingt-quatre coups de corde ! Eh bien, tout se paye en ce monde ! Vous avez été trop libéral avec nous, Bligh ! À notre tour ! Vos injures, vos injustices, vos accusations insensées, les tortures morales et physiques dont vous avez accablé votre équipage depuis un an et demi, vous allez les expier durement ! Capitaine, vous avez été jugé par ceux que vous avez offensés, et vous êtes condamné. Est-ce bien cela, camarades ?

– Oui, oui, à mort ! s'écrièrent la plupart des matelots, en menaçant leur capitaine.

– Capitaine Bligh, reprit Christian, quelques-uns avaient parlé de vous hisser au bout d'une corde entre le ciel et l'eau. D'autres proposaient de vous déchirer les épaules avec le chat à neuf queues, jusqu'à ce que mort s'ensuivît. Ils manquaient d'imagination. J'ai trouvé mieux que cela. D'ailleurs, vous n'êtes pas seul coupable ici. Ceux qui ont toujours fidèlement exécuté vos ordres, si cruels qu'ils fussent, seraient au désespoir de passer sous mon commandement. Ils ont mérité de vous accompagner là où le vent vous poussera. Qu'on amène la chaloupe !

Un murmure désapprobateur accueillit ces dernières paroles de Christian, qui ne parut pas s'en inquiéter. Le capitaine Bligh, que ces menaces ne parvenaient pas à troubler, profita d'un instant de silence pour prendre la parole.

– Officiers et matelots, dit-il d'une voix ferme, en ma qualité d'officier de la marine royale, commandant la *Bounty*, je proteste contre le traitement que vous voulez me faire subir. Si vous avez à vous plaindre de la façon dont j'ai exercé mon commandement, vous pouvez me faire juger par une cour martiale. Mais vous n'avez pas réfléchi, sans doute, à la gravité de l'acte que vous allez commettre. Porter la main sur votre capitaine, c'est vous mettre en révolte contre les lois existantes, c'est rendre pour vous tout retour impossible dans votre patrie, c'est vouloir être traités comme des forbans ! Tôt ou tard, c'est la mort ignominieuse, la mort des traîtres et des rebelles ! Au nom de l'honneur et de l'obéissance que vous m'avez jurés, je vous somme de rentrer dans le devoir !

– Nous savons parfaitement à quoi nous nous exposons, répondit Churchill.

– Assez ! Assez ! cria l'équipage, prêt à des voies de fait.

– Eh bien, dit Bligh, s'il vous faut une victime, que ce soit moi, mais moi seul ! Ceux de mes compagnons que vous condamnez comme moi n'ont fait qu'exécuter mes ordres !

La voix du capitaine fut alors couverte par un concert de vociférations, et il dut renoncer à toucher ces cœurs devenus impitoyables.

Pendant ce temps, les dispositions avaient été prises pour que les ordres de Christian fussent exécutés.

Cependant, un assez vif débat s'était élevé entre le second et plusieurs des révoltés qui voulaient abandonner sur les flots le capitaine Bligh et ses compagnons sans leur donner une arme, sans leur laisser une once de pain.

Quelques-uns – et c'était l'avis de Churchill, – trouvaient que le nombre de ceux qui devaient quitter le navire n'était pas assez considérable. Il fallait se défaire, disait-il, de tous les hommes qui, n'ayant pas trempé directement dans le complot, n'étaient pas sûrs. On ne pouvait compter sur ceux qui se contentaient d'accepter les faits accomplis. Quant à lui, son dos lui faisait encore mal des coups de fouet qu'il avait reçus pour avoir déserté à Tahiti. Le meilleur, le plus rapide moyen de le guérir, ce serait de lui livrer d'abord le commandant !... Il saurait bien se venger, et de sa propre main !

– Hayward ! Hallett ! cria Christian, en s'adressant à deux des officiers, sans tenir compte des observations de Churchill, descendez dans la chaloupe.

– Que vous ai-je fait, Christian, pour que vous

me traitiez ainsi ? dit Hayward. C'est à la mort que vous m'envoyez !

– Les récriminations sont inutiles ! Obéissez, ou sinon !... Fryer, embarquez aussi !

Mais ces officiers, au lieu de se diriger vers la chaloupe, se rapprochèrent du capitaine Bligh, et Fryer, qui semblait le plus déterminé, se pencha vers lui en disant :

– Commandant, voulez-vous essayer de reprendre le bâtiment ? Nous n'avons pas d'armes, il est vrai ; mais ces mutins, surpris, ne pourront résister. Si quelques-uns d'entre nous sont tués, qu'importe ! On peut tenter la partie ! Que vous en semble ?

Déjà les officiers prenaient leurs dispositions pour se jeter sur les révoltés, occupés à dépasser la chaloupe de ses portemanteaux, lorsque Churchill, à qui cet entretien, si rapide qu'il fût, n'avait pas échappé, les entoura avec quelques hommes bien armés, et les fit embarquer de force.

– Millward, Muspratt, Birket, et vous autres, dit Christian en s'adressant à quelques-uns des matelots qui n'avaient point pris part à la révolte, descendez dans l'entrepont, et choisissez ce que vous avez de plus précieux ! Vous accompagnez le capitaine Bligh. Toi, Morrison, surveille-moi ces gaillards-là ! Purcell, prenez votre coffre de charpentier, je vous permets de l'emporter.

Deux mâts avec leurs voiles, quelques clous, une scie, une demi-pièce de toile à voile, quatre petites pièces contenant cent vingt-cinq litres d'eau, cent cinquante livres de biscuit, trente-deux livres de porc salé, six bouteilles de vin, six bouteilles de rhum, la cave à liqueur du capitaine, voilà tout ce que les abandonnés eurent permission d'emporter. On leur jeta, en outre, deux ou trois vieux sabres, mais on leur refusa toute espèce d'armes à feu.

— Où sont donc Heywood et Stewart ? dit Bligh, quand il fut dans la chaloupe. Eux aussi m'ont-ils trahi ?

Ils ne l'avaient pas trahi, mais Christian avait résolu de les garder à bord.

Le capitaine eut alors un moment de découragement et de faiblesse bien pardonnable, qui ne dura pas.

— Christian, dit-il, je vous donne ma parole d'honneur d'oublier tout ce qui vient de se passer, si vous renoncez à votre abominable projet ! Je vous en supplie, pensez à ma femme et à ma famille ! Moi mort, que deviendront tous les miens !

— Si vous aviez eu quelque honneur, répondit Christian, les choses n'en seraient point arrivées à ce point. Si vous-même aviez pensé un peu plus souvent à votre femme, à votre famille, aux femmes et aux familles des autres, vous n'auriez pas été si dur, si injuste envers nous tous !

À son tour, le bosseman, au moment d'embarquer, essaya d'attendrir Christian. Ce fut en vain.

– Il y a trop longtemps que je souffre, répondit ce dernier avec amertume. Vous ne savez pas quelles ont été mes tortures ! Non ! cela ne pouvait durer un jour de plus, et, d'ailleurs, vous n'ignorez pas que, durant tout le voyage, moi, le second de ce navire, j'ai été traité comme un chien ! Cependant, en me séparant du capitaine Bligh, que je ne reverrai probablement jamais, je veux bien, par pitié, ne pas lui enlever tout espoir de salut. Smith ! descendez dans la cabine du capitaine, et reportez-lui ses vêtements, sa commission, son journal et son portefeuille. De plus, qu'on lui remette mes Tables nautiques et mon propre sextant. Il aura ainsi quelque chance de pouvoir sauver ses compagnons et se tirer d'affaire lui-même !

Les ordres de Christian furent exécutés, non sans quelque protestation.

– Et maintenant, Morrison, largue l'amarre, cria le second devenu le premier, et à la grâce de Dieu !

Tandis que les révoltés saluaient d'acclamations ironiques le capitaine Bligh et ses malheureux compagnons, Christian, appuyé contre le bastingage, ne pouvait détacher les yeux de la chaloupe qui s'éloignait. Ce brave officier, dont la conduite, jusqu'alors loyale et franche, avait mérité les éloges de tous les commandants sous lesquels il avait servi, n'était plus aujourd'hui que le chef d'une bande de forbans. Il ne lui serait plus permis de revoir ni sa vieille mère, ni sa fiancée, ni les rivages de l'île de Man, sa patrie. Il se sentait déchu dans sa propre estime, déshonoré aux yeux de tous ! Le châtiment suivait déjà la faute !

II

Les abandonnés

Avec ses dix-huit passagers, officiers et matelots, et le peu de provisions qu'elle contenait, la chaloupe qui portait Bligh était tellement chargée, qu'elle dépassait à peine de quinze pouces le niveau de la mer. Longue de vingt et un pieds, large de six, elle pouvait être parfaitement appropriée au service de la *Bounty* ; mais, pour contenir un équipage aussi nombreux, pour faire un voyage un peu long, il était difficile de trouver embarcation plus détestable.

Les matelots, confiants dans l'énergie et l'habileté du capitaine Bligh et des officiers confondus dans le même sort, nageaient vigoureusement, et la chaloupe fendait rapidement les lames.

Bligh n'avait pas hésité sur le parti à prendre. Il fallait, tout d'abord, regagner au plus tôt l'île Tofoa, la plus voisine du groupe des îles des Amis, qu'ils avaient quittée quelques jours avant, il fallait y recueillir des fruits de l'arbre à pain, renouveler l'approvisionnement d'eau, et, de là, courir sur Tonga-Tabou. On pourrait sans doute y prendre des vivres en assez grande quantité pour faire la traversée jusqu'aux établissements hollandais de Timor, si, par crainte des indigènes, l'on ne voulait pas s'arrêter dans les innombrables archipels semés sur la route.

La première journée se passa sans incident, et la nuit tombait, lorsqu'on découvrit les côtes de Tofoa. Par malheur, le rivage était si rocheux, la plage si accore, qu'on ne pouvait y débarquer de nuit. Il fallut donc attendre le jour.

Bligh, à moins de nécessité absolue, entendait ne pas toucher aux provisions de la chaloupe. Il fallait donc que l'île nourrît ses hommes et lui. Cela semblait devoir être difficile, car, tout d'abord, lorsqu'ils furent à terre, ils ne rencontrèrent pas trace d'habitants. Quelques-uns, cependant, ne tardèrent pas à se montrer, et, ayant été bien reçus, ils en amenèrent d'autres, qui apportèrent un peu d'eau et quelques noix de coco.

L'embarras de Bligh était grand. Que dire à ces naturels qui avaient déjà trafiqué avec la *Bounty* pendant sa dernière relâche ? À tout prix, il importait de leur cacher la vérité, afin de ne pas détruire le prestige dont les étrangers avaient été entourés jusqu'alors dans ces îles.

Dire qu'ils étaient envoyés aux provisions par le bâtiment resté au large ? Impossible, puisque la *Bounty* n'était pas visible, même du haut des collines ! Dire que le navire avait fait naufrage, et que les indigènes voyaient en eux les seuls survivants de naufragés ? C'était encore la fable la plus vraisemblable. Peut-être les toucherait-elle, les amènerait-elle à compléter les provisions de la chaloupe. Bligh s'arrêta donc à ce dernier parti, si dangereux qu'il fût, et il prévint ses hommes, afin que tout le monde fût d'accord sur cette fable.

En entendant ce récit, les naturels ne firent paraître ni marque de joie ni signe de chagrin. Leur visage n'exprima qu'un profond étonnement, et il fut impossible de connaître ce qu'ils pensaient.

Le 2 mai, le nombre des indigènes venus des autres parties de l'île s'accrut d'une façon inquiétante, et Bligh put bientôt juger qu'ils avaient des intentions hostiles. Quelques-uns essayèrent même de haler l'embarcation sur le rivage, et ne se retirèrent que devant les démonstrations énergiques du capitaine, qui dut les menacer de son coutelas. Pendant ce temps, quelques-uns de ses hommes, que Bligh avait envoyés à la recherche, rapportaient trois gallons d'eau.

Le moment était venu de quitter cette île inhospitalière. Au coucher du soleil, tout était prêt, mais il n'était pas facile de gagner la chaloupe. Le rivage était bordé d'une foule d'indigènes qui choquaient des pierres l'une contre l'autre, prêts à les lancer. Il fallait donc que la chaloupe se tînt à quelques toises du rivage et n'accostât qu'au moment même où les hommes seraient tout à fait prêts à embarquer.

Les Anglais, véritablement très inquiets des dispositions hostiles des naturels, redescendirent la grève, au milieu de deux cents indigènes, qui n'attendaient qu'un signal pour se jeter sur eux. Cependant, tous venaient d'entrer heureusement dans l'embarcation, lorsque l'un des matelots, nommé Bancroft, eut la funeste idée de revenir sur la plage pour chercher quelque objet qu'il y avait oublié. En une seconde, cet imprudent fut entouré par les naturels et assommé à coups de pierre, sans que ses compagnons, qui ne possédaient pas une arme à feu, pussent le secourir. D'ailleurs, eux-mêmes, à cet instant, étaient attaqués, des pierres pleuvaient sur eux.

— Allons, garçons, cria Bligh, vite aux avirons, et souquez ferme !

Les naturels entrèrent alors dans la mer et firent pleuvoir sur l'embarcation une nouvelle grêle de cailloux. Plusieurs hommes furent blessés. Mais Hayward, ramassant une des pierres qui étaient tombées dans la chaloupe, visa l'un des assaillants et l'atteignit entre les deux yeux. L'indigène tomba à la renverse en poussant un grand cri auquel répondirent les

hourras des Anglais. Leur infortuné camarade
était vengé.

Cependant, plusieurs pirogues se détachaient
du rivage et leur donnaient la chasse. Cette poursuite ne pouvait se terminer que par un combat,
dont l'issue n'aurait pas été heureuse, lorsque le
maître d'équipage eut une lumineuse idée. Sans
se douter qu'il imitait Hippomène dans sa lutte
avec Atalante, il se dépouilla de sa vareuse et la
jeta à la mer. Les naturels, lâchant la proie pour
l'ombre, s'attardèrent afin de la ramasser, et cet
expédient permit à la chaloupe de doubler la
pointe de la baie.

Sur ces entrefaites, la nuit était entièrement
venue, et les indigènes, découragés, abandonnèrent la poursuite de la chaloupe.

Cette première tentative de débarquement
était trop malheureuse pour être renouvelée ; tel
fut du moins l'avis du capitaine Bligh.

— C'est maintenant qu'il faut prendre une résolution, dit-il. La scène qui vient de se passer à
Tofoa se renouvellera, j'en suis certain, à Tonga-
Tabou, et partout où nous voudrons accoster.
En petit nombre, sans armes à feu, nous se-
rons absolument à la merci des indigènes. Privés
d'objets d'échange, nous ne pouvons acheter de
vivres, et il nous est impossible de nous les procurer de vive force. Nous sommes donc réduits
à nos seules ressources. Or, vous savez comme

moi, mes amis, combien elles sont misérables !
Mais ne vaut-il pas mieux s'en contenter que de
risquer, à chaque atterrissage, la vie de plusieurs
d'entre nous ? Cependant, je ne veux en rien
vous dissimuler l'horreur de notre situation. Pour
atteindre Timor, nous avons à peu près douze
cents lieues à franchir, et il faudra vous contenter d'une once de biscuit par jour et d'un quart
de pinte d'eau ! Le salut est à ce prix seulement,
et encore, à la condition que je trouverai en
vous la plus complète obéissance. Répondez-
moi sans arrière-pensée ! Consentez-vous à tenter l'entreprise ? Jurez-vous d'obéir à mes ordres
quels qu'ils soient ? Promettez-vous de vous soumettre sans murmure à ces privations ?

— Oui, oui, nous le jurons ! s'écrièrent d'une
commune voix les compagnons de Bligh.

— Mes amis, reprit le capitaine, il faut aussi
oublier nos torts réciproques, nos antipathies et
nos haines, sacrifier en un mot nos rancunes per-
sonnelles à l'intérêt de tous, qui doit seul nous
guider !

— Nous le promettons.

— Si vous tenez votre parole, ajouta Bligh, et,
au besoin, je saurai vous y forcer, je réponds du
salut.

La route fut faite vers l'O.-N.-O. Le vent, qui
était assez fort, souffla en tempête dans la soirée
du 4 mai. Les lames devinrent si grosses, que

l'embarcation disparaissait entre elles, et semblait ne pouvoir se relever. Le danger augmentait à chaque instant. Trempés et glacés, les malheureux n'eurent pour se réconforter, ce jour-là, qu'une tasse à thé de rhum et le quart d'un fruit à pain à moitié pourri.

Le lendemain et les jours suivants, la situation ne changea pas. L'embarcation passa au milieu d'îles innombrables, d'où quelques pirogues se détachèrent.

Était-ce pour lui donner la chasse, était-ce pour faire quelques échanges ? Dans le doute, il aurait été imprudent de s'arrêter. Aussi, la chaloupe, les voiles gonflées par un bon vent, les eut bientôt laissées loin derrière elle.

Le 9 mai, un orage épouvantable éclata. Le tonnerre, les éclairs se succédaient sans interruption. La pluie tombait avec une force dont les plus violents orages de nos climats ne peuvent donner une idée. Il était impossible de faire sécher les vêtements. Bligh, alors, eut l'idée de les tremper dans l'eau de mer et de les imprégner de sel, afin de ramener à la peau un peu de la chaleur enlevée par la pluie. Toutefois, ces pluies torrentielles, qui causèrent tant de souffrances au capitaine et à ses compagnons leur épargnèrent d'autres tortures encore plus horribles, les tortures de la soif, qu'une insoutenable chaleur eût bientôt provoquées.

Le 17 mai, au matin, à la suite d'un orage terrible, les plaintes devinrent unanimes :

— Jamais nous n'aurons la force d'atteindre la Nouvelle-Hollande, s'écrièrent les malheureux. Transpercés par la pluie, épuisés de fatigue, n'aurons-nous jamais un moment de repos ! À demi morts de faim, n'augmenterez-vous pas nos rations, capitaine ? Peu importe que nos vivres s'épuisent ! Nous trouverons facilement à les remplacer en arrivant à la Nouvelle-Hollande !

— Je refuse, répondit Bligh. Ce serait agir comme des fous. Comment ! nous n'avons franchi que la moitié de la distance qui nous sépare de l'Australie, et vous êtes déjà découragés ! Croyez-vous, d'ailleurs, pouvoir trouver facilement des vivres sur la côte de la Nouvelle-Hollande ! Vous ne connaissez donc pas le pays et ses habitants !

Et Bligh se mit à peindre à grands traits la nature du sol, les mœurs des indigènes, le peu de fond qu'il fallait faire sur leur accueil, toutes choses que son voyage avec le capitaine Cook lui avait appris à connaître. Pour cette fois encore, ses infortunés compagnons l'écoutèrent et se turent.

Les quinze jours suivants furent égayés par un clair soleil, qui permit de sécher les vêtements. Le 27, furent franchis les brisants qui bordent la côte orientale de la Nouvelle-Hollande. La mer était calme derrière cette ceinture madréporique, et quelques groupes d'îles, à la végétation exotique, réjouissaient les regards.

On débarqua en ne s'avançant qu'avec précaution. On ne trouva d'autres traces du séjour des naturels que d'anciennes places à feu. Il était donc possible de passer une bonne nuit à terre.

Mais il fallait manger. Par bonheur, un des matelots découvrit un banc d'huîtres. Ce fut un véritable régal.

Le lendemain, Bligh trouva dans la chaloupe un verre grossissant, un briquet et du soufre. Il fut donc à même de se procurer du feu pour faire cuire le gibier ou le poisson.

Bligh eut alors la pensée de diviser son équipage en trois escouades : l'une devait tout mettre en ordre dans l'embarcation ; les deux autres, aller à la recherche des vivres. Mais plusieurs hommes se plaignirent avec amertume, déclarant qu'ils aimaient mieux se passer de dîner que de s'aventurer dans le pays.

L'un d'eux, plus violent ou plus énervé que ses camarades, alla même jusqu'à dire au capitaine :

— Un homme en vaut un autre, et je ne vois pas pourquoi vous resteriez toujours à vous reposer ! Si vous avez faim, allez chercher de quoi manger ! Pour ce que vous faites ici, je vous remplacerai bien !

Bligh, comprenant que cet esprit de mutinerie devait être enrayé sur-le-champ, saisit un coutelas, et, en jetant un autre aux pieds du rebelle, il lui cria :

— Défends-toi, ou je te tue comme un chien !

Cette attitude énergique fit aussitôt rentrer le mutin en lui-même, et le mécontentement général se calma.

Pendant cette relâche, l'équipage de la chaloupe récolta abondamment des huîtres, des peignes[1] et de l'eau douce.

Un peu plus loin, dans le détroit de l'Endeavour, de deux détachements envoyés à la chasse des tortues et des noddis[2], le premier revint les mains vides ; le second rapporta six noddis, mais il en aurait pris davantage sans l'obstination de l'un des chasseurs, qui, s'étant écarté de ses camarades, effraya ces oiseaux. Cet homme avoua, plus tard, qu'il s'était emparé de neuf de ces volatiles et qu'il les avait mangés crus sur place.

Sans les vivres et l'eau douce qu'ils venaient de trouver sur la côte de la Nouvelle-Hollande, il est bien certain que Bligh et ses compagnons auraient péri. D'ailleurs, tous étaient dans un état lamentable : hâves, défaits, épuisés, — de véritables cadavres.

1. Espèces de coquillage.
2. Sortes d'oiseaux.

Le voyage en pleine mer, pour gagner Timor, ne fut que la douloureuse répétition des souffrances déjà endurées par ces malheureux avant d'atteindre les côtes de la Nouvelle-Hollande.

Seulement, la force de résistance avait diminué chez tous, sans exception. Au bout de quelques jours, leurs jambes étaient enflées. Dans cet état de faiblesse extrême, ils étaient accablés par une envie de dormir presque continuelle. C'étaient les signes avant-coureurs d'une fin qui ne pouvait tarder beaucoup. Aussi Bligh, qui s'en aperçut, distribua une double ration aux plus affaiblis et s'efforça de leur rendre un peu d'espoir.

Enfin, le 12 juin au matin, la côte de Timor apparut, après trois mille six cent dix-huit lieues d'une traversée accomplie dans des conditions épouvantables.

L'accueil que les Anglais reçurent à Coupang fut des plus sympathiques. Ils y restèrent deux mois pour se refaire. Puis, Bligh, ayant acheté un petit schooner, gagna Batavia, où il s'embarqua pour l'Angleterre.

Ce fut le 14 mars 1790 que les abandonnés débarquèrent à Portsmouth. Le récit des tortures qu'ils avaient endurées excita la sympathie universelle et l'indignation de tous les gens de cœur. Presque aussitôt, l'Amirauté procédait à l'armement de la frégate *Pandore*, de vingt-quatre canons et de cent soixante hommes d'équipage, et l'envoyait à la poursuite des révoltés de la *Bounty*.

On va voir ce qu'ils étaient devenus.

III

Les révoltés

Après que le capitaine Bligh eut été abandonné en pleine mer, la *Bounty* avait fait voile pour Tahiti. Le jour même, elle atteignait Toubouïa. Le riant aspect de cette petite île, entourée d'une ceinture de roches madréporiques, invitait Christian à y descendre ; mais les démonstrations des habitants parurent trop menaçantes, et le débarquement ne fut pas effectué.

Ce fut le 6 juin 1789 que l'ancre tomba dans la rade de Matavai. La surprise des Tahitiens fut extrême en reconnaissant la *Bounty*. Les révoltés retrouvèrent là les indigènes avec lesquels ils avaient été en rapport dans une précédente relâche, et ils leurs racontèrent une fable, à laquelle ils eurent soin de mêler le nom du capitaine Cook, dont les Tahitiens avaient conservé le meilleur souvenir.

Le 29 juin, les révoltés repartirent pour Toubouïa et se mirent en quête de quelque île qui

fût située en dehors de la route ordinaire des bâtiments, dont le sol fût assez fertile pour les
nourrir, et sur laquelle ils pussent vivre en toute
sécurité. Ils errèrent ainsi d'archipel en archipel,
commettant toutes sortes de déprédations et d'ex-
cès, que l'autorité de Christian ne parvenait que
bien rarement à prévenir.

Puis, attirés encore une fois par la fertilité de
Tahiti, par les mœurs douces et faciles de ses
habitants, ils regagnèrent la baie de Matavai.
Là, les deux tiers de l'équipage descendirent
aussitôt à terre. Mais, le soir même, la *Bounty*
avait levé l'ancre et disparu, avant que les matelots débarqués eussent pu soupçonner l'intention de Christian de partir sans eux.

Livrés à eux-mêmes, ces hommes s'établirent
sans trop de regrets dans différents districts de
l'île. Le maître d'équipage Stewart et le midshipman Peter Heywood, les deux officiers que
Christian avait exceptés de la condamnation pro-
noncée contre Bligh, et avait emmenés malgré
eux, restèrent à Matavai auprès du roi Tippao,
dont Stewart épousa bientôt la sœur. Morrison
et Millward se rendirent auprès du chef Péno,
qui leur fit bon accueil. Quant aux autres matelots, ils s'enfoncèrent dans l'intérieur de l'île et
ne tardèrent pas à épouser des Tahitiennes.

Churchill et un fou furieux nommé Thompson, après avoir commis toute sorte de crimes,

en vinrent tous deux aux mains. Churchill fut tué dans cette lutte, et Thompson lapidé par les naturels. Ainsi périrent deux des révoltés qui avaient pris la plus grande part à la rébellion. Les autres surent, au contraire, par leur bonne conduite, se faire chérir des Tahitiens.

Cependant, Morrison et Millward voyaient toujours le châtiment suspendu sur leurs têtes et ne pouvaient vivre tranquilles dans cette île où ils auraient été facilement découverts. Ils conçurent donc le dessein de construire un schooner, sur lequel ils essayeraient de gagner Batavia, afin de se perdre au milieu du monde civilisé. Avec huit de leurs compagnons, sans autres outils que ceux du charpentier, ils parvinrent, non sans peine, à construire un petit bâtiment qu'ils appelèrent *Résolution*, et ils l'amarrèrent dans une baie derrière une des pointes de Tahiti, nommée la pointe Vénus. Mais l'impossibilité absolue où ils se trouvaient de se procurer des voiles les empêcha de prendre la mer.

Pendant ce temps, forts de leur innocence, Stewart cultivait un jardin, et Peter Heywood réunissait les matériaux d'un vocabulaire, qui fut, plus tard, d'un grand secours aux missionnaires anglais.

Cependant, dix-huit mois s'étaient écoulés lorsque, le 23 mars 1791, un vaisseau doubla la pointe Vénus et s'arrêta dans la baie Matavai.

C'était la *Pandore*, envoyée à la poursuite des révoltés par l'Amirauté anglaise.

Heywood et Stewart s'empressèrent de se rendre à bord, déclarèrent leurs noms et qualités, racontèrent qu'ils n'avaient pris aucune part à la révolte ; mais on ne les crut pas, et ils furent aussitôt mis aux fers, ainsi que tous leurs compagnons, sans que la moindre enquête eût été faite. Traités avec l'inhumanité la plus révoltante, chargés de chaînes, menacés d'être fusillés s'ils se servaient de la langue tahitienne pour converser entre eux, ils furent enfermés dans une cage de onze pieds de long, placée à l'extrémité du gaillard d'arrière, et qu'un amateur de mythologie décora du nom de « boîte de Pandore ».

Le 19 mai, la *Résolution*, qui avait été pourvue de voiles, et la *Pandore* reprirent la mer. Pendant trois mois, ces deux bâtiments croisèrent à travers l'archipel des Amis, où l'on supposait que Christian et le reste des révoltés avaient pu se réfugier. La *Résolution*, d'un faible tirant d'eau, rendit même de grands services pendant cette croisière ; mais elle disparut dans les parages de l'île Chatam, et, bien que la *Pandore* fût restée plusieurs jours en vue, jamais on n'en entendit parler, ni des cinq marins qui la montaient.

La *Pandore* avait repris la route d'Europe avec ses prisonniers, lorsque, dans le détroit de Torrès, elle donna contre un écueil de corail et sombra presque aussitôt avec trente et un de ses matelots et quatre des révoltés.

L'équipage et les prisonniers qui avaient
échappé au naufrage gagnèrent alors un îlot sablonneux. Là, les officiers et les matelots purent
s'abriter sous des tentes ; mais les rebelles, exposés aux ardeurs d'un soleil vertical, furent réduits,
pour trouver un peu de soulagement, à s'enfoncer dans le sable jusqu'au cou.

Les naufragés restèrent sur cet îlot pendant
quelques jours ; puis, tous gagnèrent Timor dans
les chaloupes de la *Pandore*, et la surveillance si
rigoureuse dont les mutins étaient l'objet ne fut
pas un moment négligée, malgré la gravité des
circonstances.

Arrivés en Angleterre au mois de juin 1792,
les révoltés passèrent devant un conseil de guerre
présidé par l'amiral Hood. Les débats durèrent
six jours et se terminèrent par l'acquittement de
quatre des accusés et la condamnation à mort
des six autres, pour crime de désertion et enlèvement du bâtiment confié à leur garde. Quatre
des condamnés furent pendus à bord d'un vaisseau de guerre ; les deux autres, Stewart et Peter
Heywood, dont l'innocence avait enfin été reconnue, furent graciés.

Mais qu'était devenue la *Bounty* ? Avait-elle fait
naufrage avec les derniers des révoltés ? Voilà
ce qu'il était impossible de savoir.

En 1814, vingt-cinq ans après la scène par laquelle ce récit commence, deux navires de guerre anglais croisaient en Océanie sous le commandement du capitaine Staines. Ils se trouvaient, au sud de l'archipel Dangereux, en vue d'une île montagneuse et volcanique que Carteret avait découverte dans son voyage autour du monde, et à laquelle il avait donné le nom de Pitcairn. Ce n'était qu'un cône, presque sans rivage, qui s'élevait à pic au-dessus de la mer, et que tapissaient jusqu'à sa cime des forêts de palmiers et d'arbres à pain. Jamais cette île n'avait été visitée ; elle se trouvait à douze cents milles de Tahiti, par vingt-cinq degrés quatre minutes de latitude sud et cent quatre-vingts degrés huit minutes de longitude ouest ; elle ne mesurait que quatre milles et demi à sa circonférence, et un mille et demi seulement à son grand axe, et l'on n'en savait que ce qu'en avait rapporté Carteret.

Le capitaine Staines résolut de la reconnaître et d'y chercher un endroit convenable pour débarquer.

En s'approchant de la côte, il fut surpris d'apercevoir des cases, des plantations, et, sur la plage, deux naturels qui, après avoir lancé une embarcation à la mer et traversé habilement le ressac, se dirigèrent vers son bâtiment. Mais son étonnement n'eut plus de bornes, lorsqu'il s'entendit interpeller, en excellent anglais, par cette phrase :

– Hé ! vous autres, allez-vous nous jeter une corde, que nous montions à bord !

À peine arrivés sur le pont, les deux robustes rameurs furent entourés par les matelots stupéfaits, qui les accablaient de questions auxquelles ils ne savaient que répondre. Conduits devant le commandant, ils furent interrogés régulièrement.

– Qui êtes-vous ?

– Je m'appelle Fletcher Christian, et mon camarade, Young.

Ces noms ne disaient rien au capitaine Staines, qui était bien loin de penser aux survivants de la *Bounty*.

– Depuis quand êtes-vous ici ?

– Nous y sommes nés.

– Quel âge avez-vous ?

– J'ai vingt-cinq ans, répondit Christian, et Young dix-huit.

– Vos parents ont-ils été jetés sur cette île par quelque naufrage ?

Christian fit alors au capitaine Staines l'émouvante confession qui va suivre et dont voici les principaux faits :

En quittant Tahiti, où il abandonnait vingt et un de ses camarades, Christian, qui avait à bord de la *Bounty* le récit de voyage du capitaine Carteret, s'était dirigé directement vers l'île Pitcairn,

dont la position lui avait semblé convenir au but
qu'il se proposait. Vingt-huit hommes compo-
saient encore l'équipage de la *Bounty*. C'étaient
Christian, l'aspirant Young et sept matelots,
six Tahitiens pris à Tahiti, dont trois avec leurs
femmes et un enfant de dix mois, plus trois
hommes et six femmes, indigènes de Roubouai.

Le premier soin de Christian et de ses compagnons, dès qu'ils eurent atteint l'île Pitcairn,
avait été de détruire la *Bounty*, afin de n'être pas
découverts. Sans doute, ils s'étaient enlevé par
là toute possibilité de quitter l'île, mais le soin
de leur sécurité l'exigeait.

L'établissement de la petite colonie ne devait
pas se faire sans difficultés, avec des gens qu'unis-
sait seule la solidarité d'un crime. De sanglantes
querelles avaient éclaté bientôt entre les Tahitiens
et les Anglais. Aussi, en 1794, quatre des mutins
survivaient-ils seulement. Christian était tombé
sous le couteau de l'un des indigènes qu'ils
avaient amenés. Tous les Tahitiens avaient été
massacrés.

Un des Anglais, qui avait trouvé le moyen de
fabriquer des spiritueux avec la racine d'une
plante indigène, avait fini par s'abrutir dans
l'ivresse, et pris d'un accès de delirium tremens,
s'était précipité du haut d'une falaise dans la mer.

Un autre, en proie à un accès de folie furieuse,
s'était jeté sur Young et sur un des matelots,

nommé John Adams, qui s'étaient vus forcés de le tuer. En 1800, Young était mort pendant une violente crise d'asthme.

John Adams fut alors le dernier survivant de l'équipage des révoltés.

Resté seul avec plusieurs femmes et vingt enfants, nés du mariage de ses camarades avec les Tahitiennes, le caractère de John Adams s'était modifié profondément. Il n'avait que trente-six ans alors ; mais, depuis bien des années, il avait assisté à tant de scènes de violence et de carnage, il avait vu la nature humaine sous de si tristes aspects, qu'après avoir fait un retour sur lui-même, il s'était tout à fait amendé.

Dans la bibliothèque de la *Bounty*, conservée sur l'île, se trouvaient une Bible et plusieurs livres de prières. John Adams, qui les lisait fréquemment, se convertit, éleva dans d'excellents principes la jeune population qui le considérait comme un père, et devint, par la force des choses, le législateur, le grand-prêtre et, pour ainsi dire, le roi de Pitcairn.

Cependant, jusqu'en 1814, ses alarmes avaient été continuelles. En 1795, un bâtiment s'étant approché de Pitcairn, les quatre survivants de la *Bounty* s'étaient cachés dans des bois inaccessibles et n'avaient osé redescendre dans la baie qu'après le départ du navire. Même acte de prudence, lorsqu'en 1808, un capitaine américain

débarqua sur l'île, où il s'empara d'un chrono-
mètre et d'une boussole, qu'il fit parvenir à l'Amirauté anglaise ; mais l'Amirauté ne s'émut pas à
la vue de ces reliques de la *Bounty*. Il est vrai
qu'elle avait en Europe des préoccupations d'une
bien autre gravité, à cette époque.

Tel fut le récit fait au commandant Staines
par les deux naturels, anglais par leurs pères,
l'un fils de Christian, l'autre fils de Young, mais,
lorsque Staines demanda à voir John Adams,
celui-ci refusa de se rendre à bord, avant de
savoir ce qu'il adviendrait de lui.

Le commandant, après avoir assuré aux deux
jeunes gens que John Adams était couvert par la
prescription, puisque vingt-cinq ans s'étaient
écoulés depuis la révolte de la *Bounty*, descendit
à terre, et il fut reçu à son débarquement par
une population composée de quarante-six adul-
tes et d'un grand nombre d'enfants. Tous étaient
grands et vigoureux, avec le type anglais net-
tement accusé ; les jeunes filles surtout étaient
admirablement belles, et leur modestie leur imprimait un caractère tout à fait séduisant.

Les lois mises en vigueur dans l'île étaient des
plus simples. Sur un registre était noté ce que
chacun avait gagné par son travail. La monnaie
était inconnue ; toutes les transactions se faisaient au moyen de l'échange, mais il n'y avait

pas d'industrie, car les matières premières manquaient. Les habitants portaient pour tout ha-
billement des vastes chapeaux et des ceintures
d'herbe. La pêche et l'agriculture, telles étaient
leurs principales occupations. Les mariages ne
se faisaient qu'avec la permission d'Adams, et
lorsque l'homme avait défriché et planté un ter-
rain assez vaste pour subvenir à l'entretien de sa
future famille.

Le commandant Staines, après avoir recueilli
les documents les plus curieux sur cette île, perdue dans les parages les moins fréquentés du
Pacifique, reprit la mer et revint en Europe.

Depuis cette époque, le vénérable John Adams
a terminé sa carrière si accidentée. Il est mort en
1829, et a été remplacé par le révérend George
Nobbs, qui remplit encore dans l'île les fonctions
de pasteur, de médecin et de maître d'école.

En 1853, les descendants des révoltés de la
Bounty étaient au nombre de cent soixante-dix
individus. Depuis lors, la population ne fit que
s'accroître, et devint si nombreuse, que, trois
ans plus tard, elle dut s'établir en grande partie
sur l'île Norfolk, qui avait jusqu'alors servi de
station pour les convicts. Mais une partie des
émigrés regrettaient Pitcairn, bien que Norfolk
fût quatre fois plus grande, que son sol fût remar-
quable par sa richesse, et que les conditions de
l'existence y fussent bien plus faciles. Au bout de

deux ans de séjour, plusieurs familles retournè-
rent à Pitcairn, où elles continuent à prospérer.

Tel fut donc le dénouement d'une aventure
qui avait commencé d'une façon si tragique. Au
début, des révoltés, des assassins, des fous, et
maintenant, sous l'influence des principes de la
morale chrétienne et de l'instruction donnée par
un matelot converti, l'île Pitcairn est devenue la
patrie d'une population douce, hospitalière, heureuse, chez laquelle se retrouvent les mœurs
patriarcales des premiers âges.

MAÎTRE ZACHARIUS

(1854)

I

Une nuit d'hiver

La ville de Genève est située à la pointe occidentale du lac auquel elle a donné ou doit son nom. Le Rhône, qui la traverse à sa sortie du lac, la partage en deux quartiers distincts, et est divisé lui-même, au centre de la cité, par une île jetée entre ses deux rives. Cette disposition topographique se reproduit souvent dans les grands centres de commerce ou d'industrie. Sans doute les premiers indigènes furent-ils séduits par les facilités de transport que leur offraient les bras rapides des fleuves, « ces chemins qui marchent tout seuls », suivant le mot de Pascal. Avec le Rhône, ce sont des chemins qui courent.

Au temps où des constructions neuves et régulières ne s'élevaient pas encore sur cette île, ancrée comme une galiote hollandaise au milieu du fleuve, le merveilleux entassement de maisons grimpées les unes sur les autres offrait à l'œil une confusion pleine de charmes. Le peu d'étendue de l'île avait forcé quelques-unes de ces constructions à se jucher sur des pilotis, engagés pêle-mêle dans les rudes courants du Rhône. Ces gros madriers, noircis par les temps, usés par les eaux, ressemblaient aux pattes d'un crabe immense et produisaient un effet fantastique. Quelques filets jaunis, véritables toiles d'araignée tendues au sein de cette substruction séculaire, s'agitaient dans l'ombre comme s'ils eussent été le feuillage de ces vieux bois de chêne, et le fleuve, s'engouffrant au milieu de cette forêt de pilotis, écumait avec de lugubres mugissements.

Une des habitations de l'île frappait par son caractère d'étrange vétusté. C'était la maison du vieil horloger, maître Zacharius, de sa fille Gérande, d'Aubert Thün, son apprenti, et de sa vieille servante Scholastique.

Quel homme à part que ce Zacharius ! Son âge semblait indéchiffrable. Nul des plus vieux de Genève n'eût pu dire depuis combien de temps sa tête maigre et pointue vacillait sur ses épaules, ni quel jour, pour la première fois, on le vit marcher par les rues de la ville, en laissant flotter à tous les vents sa longue chevelure blanche. Cet homme ne vivait pas. Il oscillait à la façon du balancier de ses horloges. Sa figure, sèche et cadavérique, affectait des teintes sombres. Comme les tableaux de Léonard de Vinci, il avait poussé au noir.

Gérande habitait la plus belle chambre de la vieille maison, d'où, par une étroite fenêtre, son regard allait mélancoliquement se reposer sur les cimes neigeuses du Jura ; mais la chambre à coucher et l'atelier du vieillard occupaient une sorte de cave, située presque au ras du fleuve et dont le plancher reposait sur les pilotis mêmes. Depuis un temps immémorial, maître Zacharius n'en sortait qu'aux heures des repas et quand il allait régler les différentes horloges de la ville. Il passait le reste du temps près d'un établi couvert de nombreux instruments d'horlogerie, qu'il avait pour la plupart inventés.

Car c'était un habile homme. Ses œuvres se prisaient fort dans toute la France et l'Allemagne. Les plus industrieux ouvriers de Genève reconnaissaient hautement sa supériorité, et c'était un honneur pour cette ville, qui le montrait en disant : « À lui revient la gloire d'avoir inventé l'échappement ! »

En effet, de cette invention, que les travaux de Zacharius feront comprendre plus tard, date la naissance de la véritable horlogerie.

Or, après avoir longuement et merveilleusement travaillé, Zacharius remettait avec lenteur ses outils en place, recouvrait de légères verrines les fines pièces qu'il venait d'ajuster, et rendait le repos à la roue active de son tour ; puis il soulevait un judas pratiqué dans le plancher de son réduit, et là, penché des heures entières, tandis que le Rhône se précipitait avec fracas sous ses yeux, il s'enivrait à ses brumeuses vapeurs.

Un soir d'hiver, la vieille Scholastique servit le souper, auquel, selon les antiques usages, elle prenait part avec le jeune ouvrier. Bien que des mets soigneusement apprêtés lui fussent offerts dans une belle vaisselle bleue et blanche, maître Zacharius ne mangea pas. Il répondit à peine aux douces paroles de Gérande, que la taciturnité plus sombre de son père préoccupait visiblement, et le babillage de Scholastique elle-même ne frappa pas plus son oreille que ces grondements du fleuve auxquels il ne prenait plus garde. Après ce repas silencieux, le vieil horloger quitta la table sans embrasser sa fille, sans donner à tous le bonsoir accoutumé. Il disparut par l'étroite porte qui conduisait à sa retraite, et, sous ses pas pesants, l'escalier gémit avec de lourdes plaintes.

Gérande, Aubert et Scholastique demeurèrent quelques instants sans parler. Ce soir-là, le temps était sombre ; les nuages se traînaient lourdement le long des Alpes et menaçaient de se fondre en pluie ; la sévère température de la Suisse emplissait l'âme de tristesse, tandis que les vents du midi rôdaient aux alentours et jetaient de sinistres sifflements.

— Savez-vous bien, ma chère demoiselle, dit enfin Scholastique, que notre maître est tout en dedans depuis quelques jours ? Sainte Vierge ! Je comprends qu'il n'ait pas eu faim, car ses paroles lui sont restées dans le ventre, et bien adroit serait le diable qui lui en tirerait quelqu'une !

— Mon père a quelque secret motif de chagrin que je ne puis même pas soupçonner, répondit Gérande, tandis qu'une douloureuse inquiétude s'imprimait sur son visage.

— Mademoiselle, ne permettez pas à tant de tristesse d'envahir votre cœur. Vous connaissez les singulières habitudes de maître Zacharius. Qui peut lire sur son front ses pensées secrètes ? Quelque ennui sans doute lui est survenu, mais demain il ne s'en souviendra pas et se repentira vraiment d'avoir causé quelque peine à sa fille.

C'était Aubert qui parlait de cette façon, en fixant ses regards sur les beaux yeux de Gérande. Aubert, le seul ouvrier que maître Zacharius eût jamais admis à l'intimité de ses travaux, car il appréciait son intelligence, sa discrétion et sa grande bonté d'âme, Aubert s'était attaché à Gérande avec cette foi mystérieuse qui préside aux dévouements héroïques.

Gérande avait dix-huit ans. L'ovale de son visage rappelait celui des naïves madones que la vénération suspend encore au coin des rues des vieilles cités de Bretagne. Ses yeux respiraient une simplicité infinie. On l'aimait, comme la plus suave réalisation du rêve d'un poète. Ses vêtements affectaient des couleurs peu voyantes, et le linge blanc qui se plissait sur ses épaules avait cette teinte et cette senteur particulières au linge d'église. Elle vivait d'une existence mystique dans cette ville de Genève, qui n'était pas encore livrée à la sécheresse du calvinisme.

Ainsi que, soir et matin, elle lisait ses prières latines dans son missel à fermoir de fer, Gérande avait lu un sentiment caché dans le cœur d'Aubert Thün, quel dévouement profond le jeune ouvrier avait pour elle. Et en effet, à ses yeux, le monde entier se condensait dans cette vieille maison de l'horloger, et tout son temps se passait près de la jeune fille, quand, le travail terminé, il quittait l'atelier de son père.

La vieille Scholastique voyait cela, mais n'en disait mot. Sa loquacité s'exerçait de préférence sur les malheurs de son temps et les petites misères du ménage. On ne cherchait point à l'arrêter. Il en était d'elle comme de ces tabatières à musique que l'on fabriquait à Genève : une fois montée, il aurait fallu la briser pour qu'elle ne jouât pas tous ses airs.

En trouvant Gérande plongée dans une taciturnité douloureuse, Scholastique quitta sa vieille chaise de bois, fixa un cierge sur la pointe d'un chandelier, l'alluma et le posa près d'une petite vierge de cire abritée dans sa niche de pierre. C'était la coutume de s'agenouiller devant cette madone protectrice du foyer domestique, en lui demandant d'étendre sa grâce bienveillante sur la nuit prochaine ; mais, ce soir-là, Gérande demeura silencieuse à sa place.

— Eh bien ! ma chère demoiselle, dit Scholastique avec étonnement, le souper est fini, et voici l'heure du bonsoir. Voulez-vous donc fatiguer vos yeux dans des veilles prolongées ?... Ah ! Sainte Vierge ! c'est pourtant le cas de dormir et de retrouver un peu de joie dans de jolis rêves ! À cette époque maudite où nous vivons, qui peut se promettre une journée de bonheur ?

— Ne faudrait-il pas envoyer chercher quelque médecin pour mon père ? demanda Gérande.

— Un médecin ! s'écria la vieille servante. Maître Zacharius a-t-il jamais prêté l'oreille à toutes leurs imaginations et sentences ! Il peut y avoir des médecines pour les montres, mais non pour les corps !

— Que faire ? murmura Gérande. S'est-il remis au travail ? s'est-il livré au repos ?

— Gérande, répondit doucement Aubert, quelque contrariété morale chagrine maître Zacharius, et voilà tout.

— La connaissez-vous, Aubert ?

— Peut-être, Gérande.

— Racontez-nous cela, s'écria vivement Scholastique, en éteignant parcimonieusement son cierge.

— Depuis plusieurs jours, Gérande, dit le jeune ouvrier, il se passe un fait absolument incompréhensible. Toutes les montres que votre père a faites et vendues depuis quelques années s'arrêtent subitement. On lui en a rapporté un grand nombre. Il les a démontées avec soin ; les ressorts étaient en bon état et les rouages parfaitement établis. Il les a remontées avec plus de soin encore ; mais, en dépit de son habileté, elles n'ont plus marché.

— Il y a du diable là-dessous ! s'écria Scholastique.

— Que veux-tu dire ? demanda Gérande. Ce fait me semble naturel. Tout est borné sur terre, et l'infini ne peut sortir de la main des hommes.

— Il n'en est pas moins vrai, répondit Aubert, qu'il y a en cela quelque chose d'extraordinaire et de mystérieux. J'ai aidé moi-même maître Zacharius à rechercher la cause de ce dérangement de ses montres, je n'ai pu la trouver, et, plus d'une fois, désespéré, les outils me sont tombés des mains.

— Aussi, reprit Scholastique, pourquoi se livrer à tout ce travail de réprouvé ? Est-il naturel qu'un petit instrument de cuivre puisse marcher tout seul et marquer les heures ? On aurait dû s'en tenir au cadran solaire !

– Vous ne parlerez plus ainsi, Scholastique, répondit Aubert, quand vous saurez que le cadran solaire fut inventé par Caïn.

– Seigneur mon Dieu ! que m'apprenez-vous là ?

– Croyez-vous, reprit ingénument Gérande, que l'on puisse prier Dieu de rendre la vie aux montres de mon père ?

– Sans aucun doute, répondit le jeune ouvrier.

– Bon ! Voici des prières inutiles, grommela la vieille servante, mais le Ciel en pardonnera l'intention.

Le cierge fut rallumé. Scholastique, Gérande et Aubert s'agenouillèrent sur les dalles de la chambre, et la jeune fille pria pour l'âme de sa mère, pour la sanctification de la nuit, pour les voyageurs et les prisonniers, pour les bons et les méchants, et surtout pour les tristesses inconnues de son père. Puis, ces trois dévotes personnes se relevèrent avec quelque confiance au cœur, car elles avaient remis leur peine dans le sein de Dieu.

Aubert regagna sa chambre, Gérande s'assit toute pensive près de sa fenêtre, pendant que les dernières lueurs s'éteignaient dans la ville de Genève, et Scholastique, après avoir versé un peu d'eau sur les tisons embrasés et poussé les deux énormes verrous de la porte, se jeta sur son lit, où elle ne tarda pas à rêver qu'elle mourait de peur.

Cependant, l'horreur de cette nuit d'hiver avait augmenté. Parfois, avec les tourbillons du fleuve, le vent s'engouffrait sous les pilotis, et la maison frissonnait tout entière ; mais la jeune fille, absorbée par sa tristesse, ne songeait qu'à son père. Depuis les paroles d'Aubert Thün, la maladie de maître Zacharius avait pris à ses yeux des proportions fantastiques, et il lui semblait que cette chère existence, devenue purement mécanique, ne se mouvait plus qu'avec effort sur ses pivots usés.

Soudain l'abat-vent, violemment poussé par la rafale, heurta la fenêtre de la chambre. Gérande tressaillit et se leva brusquement, sans comprendre la cause de ce bruit qui secoua sa torpeur. Dès que son émotion se fut calmée, elle ouvrit le châssis. Les nuages avaient crevé, et une pluie torrentielle crépitait sur les toitures environnantes. La jeune fille se pencha au-dehors pour attirer le volet ballotté par le vent, mais elle eut peur. Il lui parut que la pluie et le fleuve, confondant leurs eaux tumultueuses, submergeaient cette fragile maison dont les ais craquaient de toutes parts. Elle voulut fuir sa chambre ; mais elle aperçut au-dessous d'elle la réverbération d'une lumière qui devait venir du réduit de maître Zacharius, et dans un de ces calmes momentanés pendant lesquels se taisent les éléments, son oreille fut frappée par des sons plaintifs. Elle tenta de refermer sa fenêtre et ne put y parvenir. Le vent la repoussait avec violence, comme un malfaiteur qui s'introduit dans une habitation.

Gérande pensa devenir folle de terreur ! Que faisait donc son père ? Elle ouvrit la porte, qui lui échappa des mains et battit bruyamment sous l'effort de la tempête. Gérande se trouva alors dans la salle obscure du souper, parvint, en tâtonnant, à gagner l'escalier qui aboutissait à l'atelier de maître Zacharius, et s'y laissa glisser, pâle et mourante.

Le vieil horloger était debout au milieu de cette chambre que remplissaient les mugissements du fleuve. Ses cheveux hérissés lui donnaient un aspect sinistre. Il parlait, il gesticulait, sans voir, sans entendre ! Gérande demeura sur le seuil.

– C'est la mort ! disait maître Zacharius d'une voix sourde, c'est la mort !… Que me reste-t-il à vivre, maintenant que j'ai dispersé mon existence par le monde ! car moi, maître Zacharius, je suis bien le créateur de toutes ces montres que j'ai fabriquées ! C'est bien une partie de mon âme que j'ai enfermée dans chacune de ces boîtes de fer, d'argent ou d'or ! Chaque fois que s'arrête une de ces horloges maudites, je sens mon cœur qui cesse de battre, car je les ai réglées sur ses pulsations !

Et, en parlant de cette façon étrange, le vieillard jeta les yeux sur son établi. Là se trouvaient toutes les parties d'une montre qu'il avait soigneusement démontée. Il prit une sorte de cylindre creux, appelé barillet, dans lequel est enfermé le ressort, et il en retira la spirale d'acier, qui, au lieu de se détendre, suivant les lois de son élasticité, demeura roulée sur elle-même, ainsi qu'une vipère endormie. Elle semblait nouée, comme ces vieillards impotents dont le sang s'est figé à la longue. Maître Zacharius essaya vainement de la dérouler de ses doigts amaigris, dont la silhouette s'allongeait démesurément sur la muraille, mais il ne put y parvenir, et bientôt, avec un terrible cri de colère, il la précipita par le judas dans les tourbillons du Rhône.

Gérande, les pieds cloués à terre, demeurait sans souffle, sans mouvement. Elle voulait et ne pouvait s'approcher de son père. De vertigineuses hallucinations s'emparaient d'elle. Soudain, elle entendit dans l'ombre une voix murmurer à son oreille :

– Gérande, ma chère Gérande ! La douleur vous tient encore éveillée ! Rentrez, je vous prie, la nuit est froide.

– Aubert ! murmura la jeune fille à mi-voix. Vous ! vous !

— Ne devais-je pas m'inquiéter de ce qui vous inquiète ! répondit Aubert.

Ces douces paroles firent revenir le sang au cœur de la jeune fille. Elle s'appuya au bras de l'ouvrier et lui dit :

— Mon père est bien malade, Aubert ! Vous seul pouvez le guérir, car cette affection de l'âme ne céderait pas aux consolations de sa fille. Il a l'esprit frappé d'un accident fort naturel, et, en travaillant avec lui à réparer ses montres, vous le ramènerez à la raison. Aubert, il n'est pas vrai, ajouta-t-elle, encore tout impressionnée, que sa vie se confonde avec celle de ses horloges ?

Aubert ne répondit pas.

— Mais ce serait donc un métier réprouvé du Ciel que le métier de mon père ? fit Gérande en frissonnant.

— Je ne sais, répondit l'ouvrier, qui réchauffa de ses mains les mains glacées de la jeune fille. Mais retournez à votre chambre, ma pauvre Gérande, et, avec le repos, reprenez quelque espérance !

Gérande regagna lentement sa chambre, et elle y demeura jusqu'au jour, sans que le sommeil appesantît ses paupières, tandis que maître Zacharius, toujours muet et immobile, regardait le fleuve couler bruyamment à ses pieds.

II

L'orgueil et la science

La sévérité du marchand genevois en affaires est devenue proverbiale. Il est d'une probité rigide et d'une excessive droiture. Quelle dut donc être la honte de maître Zacharius, quand il vit ces montres, qu'il avait montées avec une si grande sollicitude, lui revenir de toutes parts.

Or, il était certain que ces montres s'arrêtaient subitement et sans aucune raison apparente. Les rouages étaient en bon état et parfaitement établis, mais les ressorts avaient perdu toute élasticité. L'horloger essaya vainement de les remplacer : les roues demeurèrent immobiles. Ces dérangements inexplicables firent un tort immense à maître Zacharius. Ses magnifiques inventions avaient laissé maintes fois planer sur lui des soupçons de sorcellerie, qui reprirent dès lors consistance. Le bruit en parvint jusqu'à Gérande, et elle trembla souvent pour son père, lorsque des regards malintentionnés se fixaient sur lui.

Cependant, le lendemain de cette nuit d'angoisses, maître Zacharius parut se remettre au travail avec quelque confiance. Le soleil du matin lui rendit quelque courage. Aubert ne tarda pas à le rejoindre à son atelier et en reçut un bonjour plein d'affabilité.

— Je vais mieux, dit le vieil horloger. Je ne sais quels étranges maux de tête m'obsédaient hier, mais le soleil a chassé tout cela avec les nuages de la nuit.

— Ma foi ! maître, répondit Aubert, je n'aime la nuit ni pour vous, ni pour moi !

— Et tu as raison, Aubert ! Si tu deviens jamais un homme supérieur, tu comprendras que le jour t'est nécessaire comme la nourriture ! Un savant de grand mérite se doit aux hommages du reste des hommes.

— Maître, voilà le péché d'orgueil qui vous reprend.

— De l'orgueil, Aubert ! Détruis mon passé, anéantis mon présent, dissipe mon avenir, et alors il me sera permis de vivre dans l'obscurité ! Pauvre garçon, qui ne comprends pas les sublimes choses auxquelles mon art se rattache tout entier ! N'es-tu donc qu'un outil entre mes mains ?

— Cependant, maître Zacharius, reprit Aubert, j'ai plus d'une fois mérité vos compliments pour la manière dont j'ajustais les pièces les plus délicates de vos montres et de vos horloges !

— Sans aucun doute, Aubert, répondit maître Zacharius, tu es un bon ouvrier que j'aime ; mais, quand tu travailles, tu ne crois avoir entre tes doigts que du cuivre, de l'or, de l'argent, et tu ne sens pas ces métaux, que mon génie anime, palpiter comme une chair vivante ! Aussi, tu ne mourrais pas, toi, de la mort de tes œuvres !

Maître Zacharius demeura silencieux après ces paroles ; mais Aubert chercha à reprendre la conversation.

— Par ma foi ! maître, dit-il, j'aime à vous voir travaillant ainsi sans relâche ! Vous serez prêt pour la fête de notre corporation, car je vois que le travail de cette montre de cristal avance rapidement.

— Sans doute, Aubert, s'écria le vieil horloger, et ce ne sera pas un mince honneur pour moi que d'avoir pu tailler et couper cette matière qui a la dureté du diamant ! Ah ! Louis Berghem a bien fait de perfectionner l'art des diamantaires, qui m'a permis de polir et percer les pierres les plus dures !

Maître Zacharius tenait en ce moment de petites pièces d'horlogerie en cristal taillé et d'un travail exquis. Les rouages, les pivots, le boîtier de cette montre étaient de la même matière, et, dans cette œuvre de la plus grande difficulté, il avait déployé un talent inimaginable.

— N'est-ce pas, reprit-il, tandis que ses joues

s'empourpraient, qu'il sera beau de voir palpiter cette montre à travers son enveloppe transparente, et de pouvoir compter les battements de son cœur !

— Je gage, maître, répondit le jeune ouvrier, qu'elle ne variera pas d'une seconde par an !

— Et tu gageras à coup sûr ! Est-ce que je n'ai pas mis là le plus pur de moi-même ? Est-ce que mon cœur varie, lui ?

Aubert n'osa pas lever les yeux sur son maître.

— Parle-moi franchement, reprit mélancoliquement le vieillard. Ne m'as-tu jamais pris pour un fou ? Ne me crois-tu pas livré parfois à de désastreuses folies ? Oui, n'est-ce pas ! Dans les yeux de ma fille et dans les tiens, j'ai lu souvent ma condamnation. — Oh ! s'écria-t-il avec douleur, n'être pas même compris des êtres que l'on aime le plus au monde ! Mais à toi, Aubert, je te prouverai victorieusement que j'ai raison ! Ne secoue pas la tête, car tu seras stupéfié ! Le jour où tu sauras m'écouter et me comprendre, tu verras que j'ai découvert les secrets de l'existence, les secrets de l'union mystérieuse de l'âme et du corps !

En parlant ainsi, maître Zacharius se montrait superbe de fierté. Ses yeux brillaient d'un feu surnaturel, et l'orgueil lui courait à pleines veines.

Et, en vérité, si jamais vanité eût pu être légitime, c'eût bien été celle de maître Zacharius !

En effet, l'horlogerie, jusqu'à lui, était presque demeurée dans l'enfance de l'art. Depuis le jour où Platon, quatre cents ans avant l'ère chrétienne, inventa l'horloge nocturne, sorte de clepsydre qui indiquait les heures de la nuit par le son et le jeu d'une flûte, la science resta presque stationnaire. Les maîtres travaillèrent plutôt l'art que la mécanique, et ce fut l'époque des belles horloges en fer, en cuivre, en bois, en argent, qui étaient finement sculptées, comme une aiguière de Cellini. On avait un chef-d'œuvre de ciselure, qui mesurait le temps d'une façon fort imparfaite, mais on avait un chef-d'œuvre. Quand l'imagination de l'artiste ne se tourna plus du côté de la perfection plastique, elle s'ingénia à créer ces horloges à personnages mouvants, à sonneries mélodiques, et dont la mise en scène était réglée d'une façon fort divertissante. Au surplus, qui s'inquiétait, à cette époque, de régulariser la marche du temps ? Les délais de droit n'étaient pas inventés ; les sciences physiques et astronomiques n'établissaient pas leurs calculs sur des mesures scrupuleusement exactes ; il n'y avait ni établissements fermant à heure fixe, ni convois partant à la seconde. Le soir, on sonnait le couvre-feu, et la nuit, on criait les heures au milieu du silence.

Certes, on vivait moins de temps, si l'existence se mesure à la quantité des affaires faites, mais on vivait mieux. L'esprit s'enrichissait de ces nobles sentiments nés de la contemplation des chefs-d'œuvre, et l'art ne se faisait pas à la course. On bâtissait une église en deux siècles ; un peintre ne faisait que quelques tableaux en sa vie ; un poète ne composait qu'une œuvre éminente, mais c'étaient autant de chefs-d'œuvre que les siècles se chargeaient d'apprécier.

Lorsque les sciences exactes firent enfin des progrès, l'horlogerie suivit leur essor, bien qu'elle fût toujours arrêtée par une insurmontable difficulté : la mesure régulière et continue du temps.

Or, ce fut au milieu de cette stagnation que maître Zacharius inventa l'échappement, qui lui permit d'obtenir une régularité mathématique, en soumettant le mouvement du pendule à une force constante. Cette invention avait tourné la tête du vieil horloger. L'orgueil, montant dans son cœur, comme le mercure dans le thermomètre, avait atteint la température des folies transcendantes. Par analogie, il s'était laissé aller à des conséquences matérialistes, et, en fabriquant ses montres, il s'imaginait avoir surpris les secrets de l'union de l'âme au corps.

Aussi, ce jour-là, voyant qu'Aubert l'écoutait avec attention, il lui dit d'un ton simple et convaincu :

— Sais-tu ce qu'est la vie, mon enfant ? As-tu compris l'action de ces ressorts qui produisent l'existence ? As-tu regardé dans toi-même ? Non, et pourtant, avec les yeux de la science, tu aurais vu le rapport intime qui existe entre l'œuvre de Dieu et la mienne, car c'est sur sa créature que j'ai copié la combinaison des rouages de mes horloges.

— Maître, reprit vivement Aubert, pouvez-vous comparer une machine de cuivre et d'acier à ce souffle de Dieu nommé l'âme, qui anime les corps, comme la brise communique le mouvement aux fleurs ? Peut-il exister des roues imperceptibles qui fassent mouvoir nos jambes et nos bras ? Quelles pièces seraient si bien ajustées qu'elles engendrassent les pensées en nous ?

— Là n'est pas la question, répondit doucement maître Zacharius, mais avec l'entêtement de l'aveugle qui marche à l'abîme. Pour me comprendre, rappelle-toi le but de l'échappement que j'ai inventé. Quand j'ai vu l'irrégularité de la marche d'une horloge, j'ai compris que le mouvement renfermé en elle ne suffisait pas et qu'il fallait le soumettre à la régularité d'une autre force indépendante. J'ai donc pensé que le balancier pourrait me rendre ce service, si j'arrivais à régulariser les oscillations ! Or, ne fut-ce pas une idée sublime que celle qui me vint de lui faire rendre sa force perdue par ce mouvement même de l'horloge qu'il était chargé de réglementer ?

Aubert fit un signe d'assentiment.

– Maintenant, Aubert, continua le vieil horloger en s'animant, jette un regard sur toi-même ! Ne comprends-tu donc pas qu'il y a deux forces distinctes en nous : celle de l'âme et celle du corps, c'est-à-dire un mouvement et un régulateur ? L'âme est le principe de la vie : donc c'est le mouvement. Qu'il soit produit par un poids, par un ressort ou par une influence immatérielle, il n'en est pas moins au cœur. Mais, sans le corps, ce mouvement serait inégal, irrégulier, impossible ! Aussi le corps vient-il régler l'âme, et, comme le balancier, est-il soumis à des oscillations régulières. Et ceci est tellement vrai, que l'on se porte mal lorsque le boire, le manger, le sommeil, en un mot les fonctions du corps ne sont pas convenablement réglées ! Ainsi que dans mes montres, l'âme rend au corps la force perdue par ses oscillations. Eh bien ! qui produit donc cette union intime du corps et de l'âme, sinon un échappement merveilleux, par lequel les rouages de l'un viennent s'engrener dans les rouages de l'autre ? Or, voilà ce que j'ai deviné, appliqué, et il n'y a plus de secrets pour moi dans cette vie, qui n'est, après tout, qu'une ingénieuse mécanique !

Maître Zacharius était sublime à voir dans cette hallucination, qui le transportait jusqu'aux derniers mystères de l'infini. Mais sa fille Gérande, arrêtée sur le seuil de la porte, avait tout entendu. Elle se précipita dans les bras de son père, qui la pressa convulsivement sur son sein.

– Qu'as-tu, ma fille ? lui demanda maître Zacharius.

– Si je n'avais qu'un ressort ici, dit-elle en mettant la main sur son cœur, je ne vous aimerais pas tant, mon père !

Maître Zacharius regarda fixement sa fille et ne répondit pas.

Soudain, il poussa un cri, porta vivement la main sur son cœur et tomba défaillant sur son vieux fauteuil de cuir.

– Mon père ! qu'avez-vous ?

– Du secours ! s'écria Aubert. Scholastique !

Mais Scholastique n'accourut pas aussitôt. On avait heurté le marteau de la porte d'entrée. Elle était allée ouvrir, et quand elle revint à l'atelier, avant qu'elle eût ouvert la bouche, le vieil horloger, ayant repris ses sens, lui disait :

– Je devine, ma vieille Scholastique, que tu m'apportes encore une de ces montres maudites qui s'est arrêtée !

– Jésus ! C'est pourtant la vérité, répondit Scholastique, en remettant une montre à Aubert.

– Mon cœur ne peut pas se tromper ! dit le vieillard avec un soupir.

Cependant, Aubert avait remonté la montre avec le plus grand soin, mais elle ne marchait plus.

III

Une visite étrange

La pauvre Gérande aurait vu sa vie s'éteindre avec celle de son père, sans la pensée d'Aubert qui la rattachait au monde.

Le vieil horloger s'en allait peu à peu. Ses facultés tendaient évidemment à s'amoindrir en se concentrant sur une pensée unique. Par une funeste association d'idées, il ramenait tout à sa monomanie, et la vie terrestre semblait s'être retirée de lui pour faire place à cette existence extranaturelle des puissances intermédiaires. Aussi, quelques rivaux malintentionnés ravivèrent-ils les bruits diaboliques qui avaient été répandus sur les travaux de maître Zacharius.

La constatation des dérangements inexplicables qu'éprouvaient ses montres fit un effet prodigieux parmi les maîtres horlogers de Genève. Que signifiait cette soudaine inertie dans leurs rouages, et pourquoi ces bizarres rapports qu'elles paraissaient avoir avec la vie de Zacharius ?

C'étaient là de ces mystères que l'on n'envisage jamais sans une secrète terreur. Dans les diverses classes de la ville, depuis l'apprenti jusqu'au seigneur qui se servaient des montres du vieil horloger, il ne fut personne qui ne pût juger par lui-même de la singularité du fait. On voulut, mais en vain, pénétrer jusqu'à maître Zacharius. Celui-ci tomba fort malade — ce qui permit à sa fille de le soustraire à ces visites incessantes, qui dégénéraient en reproches et en récriminations.

Les médecines et les médecins furent impuissants vis-à-vis de ce dépérissement organique, dont la cause échappait. Il semblait parfois que le cœur du vieillard cessât de battre, et puis ses battements reprenaient avec une inquiétante irrégularité.

La coutume existait, dès lors, de soumettre les œuvres des maîtres à l'appréciation du populaire. Les chefs des différentes maîtrises cherchaient à se distinguer par la nouveauté ou la perfection de leurs ouvrages, et ce fut parmi eux que l'état de maître Zacharius rencontra la plus bruyante pitié, mais une pitié intéressée. Ses rivaux le plaignaient d'autant plus volontiers qu'ils le redoutaient moins. Ils se souvenaient toujours des succès du vieil horloger, quand il exposait ces magnifiques horloges à sujets mouvants, ces montres à sonnerie, qui faisaient l'admiration générale et atteignaient de si hauts prix

dans les villes de France, de Suisse et d'Allemagne.

Cependant, grâce aux soins constants de Gérande et d'Aubert, la santé de maître Zacharius
parut se raffermir un peu, et au milieu de cette
quiétude que lui laissa sa convalescence, il parvint à se détacher des pensées qui l'absorbaient.
Dès qu'il put marcher, sa fille l'entraîna hors de
sa maison, où les pratiques mécontentes affluaient
sans cesse. Aubert, lui, demeurait à l'atelier, montant et remontant inutilement ces montres rebelles, et le pauvre garçon, n'y comprenant rien, se
prenait quelquefois la tête à deux mains, avec la
crainte de devenir fou comme son maître.

Gérande dirigeait alors les pas de son père
vers les plus riantes promenades de la ville.
Tantôt, soutenant le bras de maître Zacharius,
elle prenait par Saint-Antoine, d'où la vue s'étend
sur le coteau de Cologny et sur le lac. Quelquefois, par les belles matinées, on pouvait apercevoir les pics gigantesques du mont Buet se
dresser à l'horizon. Gérande nommait par leur
nom tous ces lieux presque oubliés de son père,
dont la mémoire semblait déroutée, et celui-ci
éprouvait un plaisir d'enfant à apprendre toutes
ces choses, dont le souvenir s'était égaré dans sa
tête. Maître Zacharius s'appuyait sur sa fille, et
ces deux chevelures, blanche et blonde, se con-
fondaient dans le même rayon de soleil.

Il arriva aussi que le vieil horloger s'aperçut enfin qu'il n'était pas seul en ce monde. En voyant sa fille jeune et belle, lui vieux et brisé, il songea qu'après sa mort elle resterait seule, sans appui, et il regarda autour de lui et autour d'elle. Bien des jeunes ouvriers de Genève avaient déjà courtisé Gérande ; mais aucun n'avait eu accès dans la retraite impénétrable où vivait la famille de l'horloger. Il fut donc tout naturel que, pendant cette éclaircie de son cerveau, le choix du vieillard s'arrêtât sur Aubert Thün. Une fois lancé sur cette pensée, il remarqua que ces deux jeunes gens avaient été élevés dans les mêmes idées et les mêmes croyances, et les oscillations de leurs cœurs lui parurent « isochrones », comme il le dit un jour à Scholastique.

La vieille servante, littéralement enchantée du mot, bien qu'elle ne le comprît pas, jura par sa sainte patronne que la ville entière le saurait avant un quart d'heure. Maître Zacharius eut grand-peine à la calmer, et obtint d'elle enfin de garder sur cette communication un silence qu'elle ne tint jamais.

Si bien qu'à l'insu de Gérande et d'Aubert, on causait déjà dans tout Genève de leur union prochaine. Mais il advint aussi que, pendant ces conversations, on entendait souvent un ricanement singulier et une voix qui disait :

– Gérande n'épousera pas Aubert.

Si les causeurs se retournaient, ils se trouvaient en face d'un petit vieillard qu'ils ne connaissaient pas.

Quel âge avait cet être singulier ? Personne n'eût pu le dire ! On devinait qu'il devait exister depuis un grand nombre de siècles, mais voilà tout. Sa grosse tête écrasée reposait sur des épaules dont la largeur égalait la hauteur de son corps, qui ne dépassait pas trois pieds. Ce personnage eût fait bonne figure sur un support de pendule, car le cadran se fût naturellement placé sur sa face, et le balancier aurait oscillé à son aise dans sa poitrine. On eût volontiers pris son nez pour le style d'un cadran solaire, tant il était mince et aigu ; ses dents, écartées et à surface épicycloïde, ressemblaient aux engrenages d'une roue et grinçaient entre ses lèvres ; sa voix avait le son métallique d'un timbre, et l'on pouvait entendre son cœur battre comme le tic-tac d'une horloge. Ce petit homme, dont les bras se mouvaient à la manière des aiguilles sur un cadran, marchait par saccades, sans se retourner jamais. Le suivait-on, on trouvait qu'il faisait une lieue par heure et que sa marche était à peu près circulaire.

Il y avait peu de temps que cet être bizarre errait ainsi, ou plutôt tournait par la ville ; mais on avait pu observer déjà que chaque jour, au

moment où le soleil passait au méridien, il
s'arrêtait devant la cathédrale de Saint-Pierre, et
qu'il reprenait sa route après les douze coups de
midi. Hormis ce moment précis, il semblait sur-
gir dans toutes les conversations où l'on s'occu-
pait du vieil horloger, et l'on se demandait, avec
effroi, quel rapport pouvait exister entre lui et
maître Zacharius. Au surplus, on remarquait
qu'il ne perdait pas de vue le vieillard et sa fille
pendant leurs promenades.

Un jour, sur la Treille, Gérande aperçut ce
monstre qui la regardait en riant. Elle se pressa
contre son père, avec un mouvement d'effroi.

– Qu'as-tu, ma Gérande ? demanda maître
Zacharius.

– Je ne sais, répondit la jeune fille.

– Je te trouve changée, mon enfant ! dit le
vieil horloger. Voilà donc que tu vas tomber
malade à ton tour ? Eh bien ! ajouta-t-il avec un
triste sourire, il faudra que je te soigne, et je te
soignerai bien.

– Oh ! mon père, ce ne sera rien. J'ai froid, et
j'imagine que c'est…

– Eh quoi, Gérande ?

– La présence de cet homme qui nous suit
sans cesse, répondit-elle à voix basse.

Maître Zacharius se retourna vers le petit
vieillard.

– Ma foi, il va bien, dit-il avec un air de satisfaction, car il est justement quatre heures. Ne
crains rien, ma fille, ce n'est pas un homme, c'est
une horloge !

Gérande regarda son père avec terreur. Comment maître Zacharius avait-il pu lire l'heure
sur le visage de cette étrange créature ?

– À propos, continua le vieil horloger, sans
plus s'occuper de cet incident, je ne vois pas
Aubert depuis quelques jours.

– Il ne nous quitte cependant pas, mon père,
répondit Gérande, dont les pensées prirent une
teinte plus douce.

– Que fait-il, alors ?

– Il travaille, mon père.

– Ah ! s'écria le vieillard, il travaille à réparer
mes montres, n'est-il pas vrai ? Mais il n'y par-
viendra jamais, car ce n'est pas une réparation
qu'il leur faut, mais bien une résurrection !

Gérande demeura silencieuse.

– Il faudra que je sache, ajouta le vieillard, si
l'on n'a pas encore rapporté quelques-unes de
ces montres damnées sur lesquelles le diable a
jeté une épidémie !

Puis, après ces mots, maître Zacharius tomba
dans un mutisme absolu jusqu'au moment où il
heurta la porte de son logis, et pour la première
fois depuis sa convalescence, tandis que Gérande

regagnait tristement sa chambre, il descendit à son atelier.

Au moment où il en franchissait la porte, une des nombreuses horloges suspendues au mur vint à sonner cinq heures. Ordinairement, les différentes sonneries de ces appareils, admirablement réglées, se faisaient entendre simultanément, et leur concordance réjouissait le cœur du vieillard ; mais, ce jour-là, tous ces timbres tintèrent les uns après les autres, si bien que pendant un quart d'heure l'oreille fut assourdie par leurs bruits successifs. Maître Zacharius souffrait affreusement ; il ne pouvait tenir en place, il allait de l'une à l'autre de ces horloges, et il leur battait la mesure, comme un chef d'orchestre qui ne serait plus maître de ses musiciens.

Lorsque le dernier son s'éteignit, la porte de l'atelier s'ouvrit, et maître Zacharius frissonna de la tête aux pieds en voyant devant lui le petit vieillard, qui le regarda fixement et lui dit :

— Maître, ne puis-je m'entretenir quelques instants avec vous ?

— Qui êtes-vous ? demanda brusquement l'horloger.

— Un confrère. C'est moi qui suis chargé de régler le soleil.

— Ah ! c'est vous qui réglez le soleil ? répliqua vivement maître Zacharius sans sourciller. Eh bien ! je ne vous en complimente guère ! Votre soleil va mal, et, pour nous trouver d'accord avec lui, nous sommes obligés tantôt d'avancer nos horloges et tantôt de les retarder !

— Et par le pied fourchu du diable ! s'écria le monstrueux personnage, vous avez raison, mon maître ! Mon soleil ne marque pas toujours midi au même moment que vos horloges ; mais, un jour, on saura que cela vient de l'inégalité du mouvement de translation de la terre, et l'on inventera un midi moyen qui réglera cette irrégularité !

— Vivrai-je encore à cette époque ? demanda le vieil horloger, dont les yeux s'animèrent.

— Sans doute, répliqua le petit vieillard en riant. Est-ce que vous pouvez croire que vous mourrez jamais ?

— Hélas ! je suis pourtant bien malade !

— Au fait, causons de cela. Par Belzébuth ! cela nous mènera à ce dont je veux vous parler.

Et ce disant, cet être bizarre sauta sans façon sur le vieux fauteuil de cuir et ramena ses jambes l'une sous l'autre, à la façon de ces os décharnés que les peintres de tentures funéraires croisent sous les têtes de mort. Puis, il reprit d'un ton ironique :

— Voyons, çà, maître Zacharius, que se passe-t-il donc dans cette bonne ville de Genève ? On dit que votre santé s'altère, que vos montres ont besoin de médecins !

— Ah ! vous croyez, vous, qu'il y a un rapport intime entre leur existence et la mienne ! s'écria maître Zacharius.

— Moi, j'imagine que ces montres ont des défauts, des vices même. Si ces gaillardes-là n'ont pas une conduite fort régulière, il est juste qu'elles portent la peine de leur dérèglement. Il m'est avis qu'elles auraient besoin de se ranger un peu !

— Qu'appelez-vous des défauts ? fit maître Zacharius, rougissant du ton sarcastique avec lequel ces paroles avaient été prononcées. Est-ce qu'elles n'ont pas le droit d'être fières de leur origine ?

— Pas trop, pas trop ! répondit le petit vieillard. Elles portent un nom célèbre, et sur leur cadran est gravée une signature illustre, c'est vrai, et elles ont le privilège exclusif de s'introduire parmi les plus nobles familles ; mais, depuis quelque temps, elles se dérangent, et vous n'y pouvez rien, maître Zacharius, et le plus inhabile des apprentis de Genève vous en remontrerait !

— À moi, à moi, maître Zacharius ! s'écria le vieillard avec un terrible mouvement d'orgueil.

— À vous, maître Zacharius, qui ne pouvez rendre la vie à vos montres !

— Mais c'est que j'ai la fièvre et qu'elles l'ont aussi ! répondit le vieil horloger, tandis qu'une sueur froide lui courait par tous les membres.

— Eh bien ! elles mourront avec vous, puisque vous êtes si empêché de redonner un peu d'élasticité à leurs ressorts !

— Mourir ! Non pas, vous l'avez dit ! Je ne peux pas mourir, moi, le premier horloger du monde, moi qui, au moyen de ces pièces et de ces rouages divers, ai su régler le mouvement avec une précision absolue ! N'ai-je donc pas assujetti le temps à des lois exactes, et ne puis-je en disposer en souverain ? Avant qu'un sublime génie vînt disposer régulièrement ces heures égarées, dans quel vague immense était plongée la destinée humaine ? À quel moment certain pouvaient se rapporter les actes de la vie ? Mais vous, homme ou diable, qui que vous soyez, vous n'avez donc jamais songé à la magnificence de mon art, qui appelle toutes les sciences à son aide ? Non ! non ! moi, maître Zacharius, je ne peux pas mourir, car, puisque j'ai réglé le temps, le temps finirait avec moi ! Il retournerait à cet infini dont mon génie a su l'arracher, et il se perdrait irréparablement dans le gouffre du néant ! Non, je ne puis pas plus mourir que le Créateur de cet univers soumis à ses lois ! Je suis devenu son égal, et j'ai partagé sa puissance ! Maître Zacharius a créé le temps, si Dieu a créé l'éternité.

Le vieil horloger ressemblait alors à l'ange déchu, se redressant contre le Créateur. Le petit vieillard le caressait du regard et semblait lui souffler tout cet emportement impie.

— Bien dit, maître ! répliqua-t-il. Belzébuth avait moins de droits que vous de se comparer à Dieu ! Il ne faut pas que votre gloire périsse ! Aussi, votre serviteur veut-il vous donner le moyen de dompter ces montres rebelles.

— Quel est-il ? quel est-il ? s'écria maître Zacharius.

— Vous le saurez le lendemain du jour où vous m'aurez accordé la main de votre fille.

— Ma Gérande ?

— Elle-même !

— Le cœur de ma fille n'est pas libre, répondit maître Zacharius à cette demande, qui ne parut ni le choquer ni l'étonner.

— Bah !... Ce n'est pas la moins belle de vos horloges... mais elle finira par s'arrêter aussi...

— Ma fille, ma Gérande !... Non !...

— Eh bien ! retournez à vos montres, maître Zacharius ! Montez et démontez-les ! Préparez le mariage de votre fille et de votre ouvrier ! Trempez des ressorts faits de votre meilleur acier ! Bénissez Aubert et la belle Gérande, mais souvenez-vous que vos montres ne marcheront jamais et que Gérande n'épousera pas Aubert !

Et là-dessus, le petit vieillard sortit, mais pas si vite que maître Zacharius ne pût entendre sonner six heures dans sa poitrine.

IV

L'église de Saint-Pierre

Cependant l'esprit et le corps de maître Zacharius s'affaiblissaient de plus en plus. Seulement une surexcitation extraordinaire le ramena plus violemment que jamais à ses travaux d'horlogerie, dont sa fille ne parvint plus à le distraire.

Son orgueil s'était encore rehaussé depuis cette crise à laquelle son visiteur étrange l'avait traîtreusement poussé, et il résolut de dominer, à force de génie, l'influence maudite qui s'appesantissait sur son œuvre et sur lui. Il visita d'abord les différentes horloges de la ville, confiées à ses soins. Il s'assura, avec une scrupuleuse attention, que les rouages en étaient bons, les pivots solides, les contrepoids exactement équilibrés. Il n'y eut pas jusqu'aux cloches des sonneries qu'il n'auscultât avec le recueillement d'un médecin interrogeant la poitrine d'un malade. Rien n'indiquait donc que ces horloges fussent à la veille d'être frappées d'inertie.

Gérande et Aubert accompagnaient souvent le vieil horloger dans ces visites. Celui-ci aurait dû prendre plaisir à les voir empressés à le suivre, et certes il n'eût pas été si préoccupé de sa fin prochaine, s'il eût songé que son existence devait se continuer par celle de ces êtres chéris, s'il eût compris que dans les enfants il reste toujours quelque chose de la vie d'un père !

Le vieil horloger, rentré chez lui, reprenait ses travaux avec une fiévreuse assiduité. Bien que persuadé de ne pas réussir, il lui semblait pourtant impossible que cela fût, et il montait et démontait sans cesse les montres que l'on rapportait à son atelier.

Aubert, de son côté, s'ingéniait en vain à découvrir les causes de ce mal.

— Maître, disait-il, cela ne peut cependant venir que de l'usure des pivots et des engrenages !

— Tu prends donc plaisir à me tuer à petit feu ? lui répondait violemment maître Zacharius. Est-ce que ces montres sont l'œuvre d'un enfant ? Est-ce que, de crainte de me frapper sur les doigts, j'ai enlevé au tour la surface de ces pièces de cuivre ? Est-ce que, pour obtenir une plus grande dureté, je ne les ai pas forgées moi-même ? Est-ce que ces ressorts ne sont pas trempés avec une rare perfection ? Est-ce que l'on peut employer des huiles plus fines pour les imprégner ? Tu conviens toi-même que c'est impossible, et tu avoues enfin que le diable s'en mêle !

Et puis, du matin au soir, les pratiques mécontentes affluaient de plus belle à la maison, et elles parvenaient jusqu'au vieil horloger, qui ne savait laquelle entendre.

— Cette montre retarde sans que je puisse parvenir à la régler ! disait l'un.

— Celle-ci, reprenait un autre, y met un entêtement véritable, et elle s'est arrêtée, ni plus ni moins que le soleil de Josué !

— S'il est vrai que votre santé, répétaient la plupart des mécontents, influe sur la santé de vos horloges, maître Zacharius, guérissez-vous au plus tôt !

Le vieillard regardait tous ces gens-là avec des yeux hagards et ne répondait que par des hochements de tête ou de tristes paroles :

— Attendez aux premiers beaux jours, mes amis ! C'est la saison où l'existence se ravive dans les corps fatigués ! Il faut que le soleil vienne nous réchauffer tous !

— Le bel avantage, si nos montres doivent être malades pendant l'hiver ! lui dit un des plus enragés. Savez-vous, maître Zacharius, que votre nom est inscrit en toutes lettres sur leur cadran ! Par la Vierge ! vous ne faites pas honneur à votre signature !

Enfin, il arriva que le vieillard, honteux de

ces reproches, retira quelques pièces d'or de son vieux bahut et commença à racheter les montres endommagées. À cette nouvelle, les chalands accoururent en foule, et l'argent de ce pauvre logis s'écoula bien vite ; mais la probité du marchand demeura à couvert. Gérande applaudit de grand cœur à cette délicatesse, qui la menait droit à la ruine, et bientôt Aubert dut offrir ses économies à maître Zacharius.

– Que deviendra ma fille ? disait le vieil horloger, se raccrochant parfois, dans ce naufrage, aux sentiments de l'amour paternel.

Aubert n'osa pas répondre qu'il se sentait bon courage pour l'avenir et grand dévouement pour Gérande. Maître Zacharius, ce jour-là, l'eût appelé son gendre et démenti ces funestes paroles qui bourdonnaient encore à son oreille : « Gérande n'épousera pas Aubert. »

Néanmoins, avec ce système, le vieil horloger arriva à se dépouiller entièrement. Ses vieux vases antiques s'en allèrent à des mains étrangères ; il se défit de magnifiques panneaux de chêne finement sculpté qui revêtaient les murailles de son logis ; quelques naïves peintures des premiers peintres flamands ne réjouirent bientôt plus les regards de sa fille, et tout, jusqu'aux précieux outils que son génie avait inventés, fut vendu pour indemniser les réclamants.

Scholastique, seule, ne voulait pas entendre

raison sur un semblable sujet ; mais ses efforts
ne pouvaient empêcher les importuns d'arriver
jusqu'à son maître et de ressortir bientôt avec
quelque objet précieux. Alors son caquetage re-
tentissait dans toutes les rues du quartier, où on
la connaissait de longue date. Elle s'employait à
démentir les bruits de sorcellerie et de magie
qui couraient sur le compte de Zacharius ; mais
comme, au fond, elle était persuadée de leur vérité, elle disait et redisait force prières pour racheter ses pieux mensonges.

On avait fort bien remarqué que, depuis longtemps, l'horloger avait abandonné l'accomplis-
sement de ses devoirs religieux. Autrefois, il
accompagnait Gérande aux offices et semblait
trouver dans la prière ce charme intellectuel dont
elle imprègne les belles intelligences, puisqu'elle
est le plus sublime exercice de l'imagination. Cet
éloignement volontaire du vieillard pour les pratiques saintes, joint aux pratiques secrètes de sa
vie, avait, en quelque sorte, légitimé les accusations de sortilège portées contre ses travaux.
Aussi, dans le double but de ramener son père
à Dieu et au monde, Gérande résolut d'appeler
la religion à son secours. Elle pensa que le ca-
tholicisme pourrait rendre quelque vitalité à cette
âme mourante ; mais ces dogmes de foi et d'hu-
milité avaient à combattre dans l'âme de maître
Zacharius un insurmontable orgueil, et ils se

heurtaient contre cette fierté de la science qui rapporte tout à elle, sans remonter à la source infinie d'où découlent les premiers principes.

Ce fut dans ces circonstances que la jeune fille entreprit la conversion de son père, et son influence fut si efficace, que le vieil horloger promit d'assister le dimanche suivant à la grand-messe de la cathédrale. Gérande éprouva un moment d'extase, comme si le ciel se fût entrouvert à ses yeux. La vieille Scholastique ne put contenir sa joie et eut enfin des arguments sans réplique contre les mauvaises langues qui accusaient son maître d'impiété. Elle en parla à ses voisines, à ses amies, à ses ennemies, à qui la connaissait comme à qui ne la connaissait point.

— Ma foi, nous ne croyons guère à ce que vous nous annoncez, dame Scholastique, lui répondit-on. Maître Zacharius a toujours agi de concert avec le diable !

— Vous n'avez donc pas compté, reprenait la bonne femme, les beaux clochers où battent les horloges de mon maître ? Combien de fois a-t-il fait sonner l'heure de la prière et de la messe !

— Sans doute, lui répondait-on. Mais n'a-t-il pas inventé des machines qui marchent toutes seules et qui parviennent à faire l'ouvrage d'un homme véritable ?

— Est-ce que des enfants du démon, reprenait dame Scholastique en colère, auraient pu exécuter cette belle horloge de fer du château d'Andernatt, que la ville de Genève n'a pas été assez riche pour acheter ? À chaque heure apparaissait une belle devise, et un chrétien qui s'y serait conformé aurait été tout droit en paradis ! Est-ce donc là le travail du diable ?

Ce chef-d'œuvre, fabriqué vingt ans auparavant, avait effectivement porté aux nues la gloire de maître Zacharius ; mais, à cette occasion même, les accusations de sorcellerie avaient été générales. Au surplus, le retour du vieillard à l'église de Saint-Pierre devait réduire les méchantes langues au silence.

Maître Zacharius, sans se souvenir sans doute de cette promesse faite à sa fille, était retourné à son atelier. Après avoir vu son impuissance à rendre la vie à ses montres, il résolut de tenter s'il ne pourrait en fabriquer de nouvelles. Il abandonna tous ces corps inertes et se remit à terminer la montre de cristal qui devait être son chef-d'œuvre ; mais il eut beau faire, se servir de ses outils les plus parfaits, employer le rubis et le diamant propres à résister aux frottements, la montre lui éclata entre les mains la première fois qu'il voulut la monter !

Le vieillard cacha cet événement à tout le monde, même à sa fille ; mais dès lors sa vie déclina rapidement. Ce n'étaient plus que les dernières oscillations d'un pendule qui vont en diminuant quand rien ne vient leur rendre leur mouvement primitif. Il semblait que les lois de la pesanteur, agissant directement sur le vieillard, l'entraînaient irrésistiblement dans la tombe.

Ce dimanche si ardemment désiré par Gérande arriva enfin. Le temps était beau et la température vivifiante. Les habitants de Genève s'en allaient tranquillement par les rues de la ville, avec de gais discours sur le retour du printemps. Gérande, prenant soigneusement le bras du vieillard, se dirigea du côté de Saint-Pierre, pendant que Scholastique les suivait en portant leurs livres d'heures. On les regarda passer avec curiosité. Le vieillard se laissait conduire comme un enfant, ou plutôt comme un aveugle. Ce fut presque avec un sentiment d'effroi que les fidèles de Saint-Pierre l'aperçurent franchissant le seuil de l'église, et ils affectèrent même de se retirer à son approche.

Les chants de la grand-messe retentissaient déjà. Gérande se dirigea vers son banc accoutumé et s'y agenouilla dans le recueillement le plus profond. Maître Zacharius demeura près d'elle, debout.

Les cérémonies de la messe se déroulèrent avec la solennité majestueuse de ces époques de croyance, mais le vieillard ne croyait pas. Il n'implora pas la pitié du Ciel avec les cris de douleur du *Kyrie* ; avec le *Gloria in excelsis*, il ne chanta pas les magnificences des hauteurs célestes ; la lecture de l'Évangile ne le tira pas de ses rêveries matérialistes, et il oublia de s'associer aux hommages catholiques du *Credo*. Cet orgueilleux vieillard demeurait immobile, insensible et muet comme une statue de pierre ; et même, au moment solennel où la clochette annonça le miracle de la transsubstantiation, il ne se courba pas, et il regarda en face l'hostie divinisée que le prêtre élevait au-dessus des fidèles.

Gérande regarda son père, et d'abondantes larmes mouillèrent son missel !

À cet instant, l'horloge de Saint-Pierre sonna la demie de onze heures. Maître Zacharius se retourna avec vivacité vers ce vieux clocher qui parlait encore. Il lui sembla que le cadran intérieur le regardait fixement, que les chiffres des heures brillaient comme s'ils eussent été gravés en traits de feu, et que les aiguilles dardaient une étincelle électrique par leurs pointes aiguës.

La messe s'acheva. C'était la coutume que l'*Angelus* fût dit à l'heure de midi ; les officiants, avant de quitter le parvis, attendaient que l'heure sonnât à l'horloge du clocher. Encore quelques instants, et cette prière allait monter aux pieds de la Vierge.

Mais soudain un bruit strident se fit entendre. Maître Zacharius poussa un cri…

La grande aiguille du cadran, arrivée à midi, s'était subitement arrêtée, et midi ne sonna pas.

Gérande se précipita au secours de son père, qui était renversé sans mouvement, et que l'on transporta hors de l'église.

– C'est le coup de mort ! se dit Gérande en sanglotant.

Maître Zacharius, ramené à son logis, fut couché dans un état complet d'anéantissement. La vie n'existait plus en lui qu'à la surface de son corps, comme les derniers nuages de fumée qui errent autour d'une lampe à peine éteinte.

Lorsqu'il reprit ses sens, Aubert et Gérande étaient penchés sur lui. À ce moment suprême, l'avenir prit à ses yeux la forme du présent. Il vit sa fille, seule, sans appui.

– Mon fils, dit-il à Aubert, je te donne ma fille, et il étendit la main vers ses deux enfants, qui furent unis ainsi à ce lit de mort.

Mais, aussitôt, maître Zacharius se souleva par un mouvement de rage. Les paroles du petit vieillard lui revinrent au cerveau.

– Je ne veux pas mourir ! s'écria-t-il. Je ne peux pas mourir ! Moi, maître Zacharius, je ne dois pas mourir… Mes livres !… mes comptes !…

Et, ce disant, il s'élança hors de son lit vers un livre où se trouvaient inscrits les noms de ses pratiques ainsi que l'objet qu'il leur avait vendu.

Ce livre, il le feuilleta avec avidité, et son doigt décharné se fixa sur l'un des feuillets.

— Là ! dit-il, là !… Cette vieille horloge de fer, vendue à ce Pittonaccio ! C'est la seule qui ne m'ait pas encore été rapportée ! Elle existe ! elle marche ! elle vit toujours ! Ah ! je la veux ! je la retrouverai ! je la soignerai si bien que la mort n'aura plus prise sur moi.

Et il s'évanouit.

Aubert et Gérande s'agenouillèrent près du lit du vieillard et prièrent ensemble.

V

L'heure de la mort

Quelques jours s'écoulèrent encore, et maître Zacharius, cet homme presque mort, se releva de son lit et revint à la vie par une surexcitation surnaturelle. Il vivait d'orgueil. Mais Gérande ne s'y trompa pas : le corps et l'âme de son père étaient à jamais perdus.

On vit alors le vieillard occupé à rassembler ses dernières ressources, sans prendre souci des siens. Il dépensait une énergie incroyable, marchant, furetant et marmottant de mystérieuses paroles.

Un matin, Gérande descendit à son atelier. Maître Zacharius n'y était pas.

Pendant toute cette journée, elle l'attendit. Maître Zacharius ne revint pas.

Gérande pleura toutes les larmes de ses yeux, mais son père ne reparut pas.

Aubert parcourut la ville et acquit la triste certitude que le vieillard l'avait quittée.

— Retrouvons mon père ! s'écria Gérande, quand le jeune ouvrier lui apporta ces douloureuses nouvelles.

— Où peut-il être ? se demanda Aubert.

Une inspiration illumina soudain son esprit. Les dernières paroles de maître Zacharius lui revinrent à la mémoire. Le vieil horloger ne vivait plus que dans cette vieille horloge de fer qu'on ne lui avait pas rendue ! Maître Zacharius devait s'être mis à sa recherche.

Aubert communiqua sa pensée à Gérande.

— Voyons le livre de mon père, lui répondit-elle.

Tous deux descendirent à l'atelier. Le livre était ouvert sur l'établi. Toutes les montres ou horloges faites par le vieil horloger, et qui lui étaient revenues par suite de leur dérangement, étaient effacées, toutes, excepté une !

— Vendu au seigneur Pittonaccio une horloge en fer, à sonnerie et à personnages mouvants, déposée en son château d'Andernatt.

C'était cette horloge « morale » dont la vieille Scholastique avait parlé avec tant d'éloges.

— Mon père est là ! s'écria Gérande.

— Courons-y, répondit Aubert. Nous pouvons le sauver encore !…

— Non pas pour cette vie, murmura Gérande, mais au moins pour l'autre !

— À la grâce de Dieu, Gérande ! Le château d'Andernatt est situé dans les gorges des Dents-du-Midi, à une vingtaine d'heures de Genève. Partons !

Ce soir-là même, Aubert et Gérande, suivis de leur vieille servante, cheminaient à pied sur la route qui côtoie le lac de Genève. Ils firent cinq lieues dans la nuit, ne s'étant arrêtés ni à Bessinge, ni à Ermance, où s'élève le célèbre château des Mayor. Ils traversèrent à gué et non sans peine le torrent de la Dranse. En tous lieux ils s'inquiétaient de maître Zacharius, et eurent bientôt la certitude qu'ils marchaient sur ses traces.

Le lendemain, à la chute du jour, après avoir passé Thonon, ils atteignirent Évian, d'où l'on voit la côte de la Suisse se développer aux regards sur une étendue de douze lieues. Mais les deux fiancés n'aperçurent même pas ces sites enchanteurs. Ils allaient, poussés par une force surnaturelle. Aubert, appuyé sur un bâton noueux, offrait son bras tantôt à Gérande et tantôt à la vieille Scholastique, et il puisait dans son cœur une suprême énergie pour soutenir ses compagnes. Tous trois parlaient de leurs douleurs, de leurs espérances, et suivaient ainsi cette belle route à fleur d'eau, sur ce plateau rétréci qui relie les bords du lac aux hautes montagnes du Chalais. Bientôt ils atteignirent Bouveret, à l'endroit où le Rhône entre dans le lac de Genève.

À partir de cette ville, ils abandonnèrent le lac, et leur fatigue s'accrut au milieu de ces contrées montagneuses. Vionnaz, Chesset, Collombay, villages à demi perdus, demeurèrent bientôt derrière eux. Cependant, leurs genoux fléchirent, leurs pieds se déchirèrent à ces crêtes aiguës qui hérissaient le sol comme des broussailles de granit. Aucune trace de maître Zacharius !

Il fallait le retrouver pourtant, et les deux fiancés ne demandèrent le repos ni aux chaumières isolées, ni au château de Monthey, qui, avec ses dépendances, forma l'apanage de Marguerite de Savoie. Enfin, vers la fin de cette journée, ils atteignirent, presque mourants de fatigue, l'ermitage de Notre-Dame du Sex, qui est situé à la base de la Dent-du-Midi, à six cents pieds au-dessus du Rhône.

L'ermite les reçut tous trois à la tombée de la nuit. Ils n'auraient pu faire un pas de plus, et là ils durent prendre quelque repos.

L'ermite ne leur donna aucune nouvelle de maître Zacharius. À peine pouvait-on espérer le retrouver vivant au milieu de ces mornes solitudes. La nuit était profonde, l'ouragan sifflait dans la montagne, et les avalanches se précipitaient du sommet des rocs ébranlés.

Les deux fiancés, accroupis devant le foyer de l'ermite, lui racontèrent leur douloureuse histoire. Leurs manteaux, imprégnés de neige, séchaient dans quelque coin, et, au-dehors, le chien de l'ermitage poussait de lugubres aboiements, qui se mêlaient aux hurlements de la rafale.

— L'orgueil, dit l'ermite à ses hôtes, a perdu un ange créé pour le bien. C'est la pierre d'achoppement où se heurtent les destinées de l'homme. À l'orgueil, ce principe de tous vices, on ne peut opposer aucuns raisonnements, puisque, par sa nature même, l'orgueilleux se refuse à les entendre… Il n'y a donc plus qu'à prier pour votre père !

Tous quatre s'agenouillaient, quand les aboiements du chien redoublèrent, et l'on heurta à la porte de l'ermitage.

— Ouvrez, au nom du diable !

La porte céda sous de violents efforts, et il apparut un homme échevelé, hagard, à peine vêtu.

— Mon père ! s'écria Gérande.

C'était maître Zacharius.

— Où suis-je ? fit-il. Dans l'éternité !… Le temps est fini… les heures ne sonnent plus… les aiguilles s'arrêtent !

— Mon père ! reprit Gérande avec une si déchirante émotion, que le vieillard sembla revenir au monde des vivants.

— Toi ici, ma Gérande ! s'écria-t-il, et toi, Aubert !... Ah ! mes chers fiancés, vous venez vous marier à notre vieille église !

— Mon père, dit Gérande en le saisissant par le bras, revenez à votre maison de Genève, revenez avec nous !

Le vieillard échappa à l'étreinte de sa fille et se jeta vers la porte, sur le seuil de laquelle la neige s'entassait à gros flocons.

— N'abandonnez pas vos enfants ! s'écria Aubert.

— Pourquoi, répondit tristement le vieil horloger, pourquoi retourner à ces lieux que ma vie a déjà quittés et où une partie de moi-même est enterrée à jamais !

— Votre âme n'est pas morte ! dit l'ermite d'une voix grave.

— Mon âme !... Oh ! non !... ses rouages sont bons !... Je la sens battre à temps égaux...

— Votre âme est immatérielle ! Votre âme est immortelle ! reprit l'ermite avec force.

— Oui... comme ma gloire !... Mais elle est enfermée au château d'Andernatt, et je veux la revoir !

L'ermite se signa. Scholastique était presque inanimée. Aubert soutenait Gérande dans ses bras.

— Le château d'Andernatt est habité par un damné, dit l'ermite, un damné qui ne salue pas la croix de mon ermitage !

— Mon père, n'y va pas !

— Je veux mon âme ! mon âme est à moi !...

— Retenez-le ! retenez mon père ! s'écria Gérande.

Mais le vieillard avait franchi le seuil et s'était élancé à travers la nuit en criant :

— À moi ! à moi, mon âme !...

Gérande, Aubert et Scholastique se précipitèrent sur ses pas. Ils marchèrent par d'impraticables sentiers, sur lesquels maître Zacharius allait comme l'ouragan, poussé par une force irrésistible. La neige tourbillonnait autour d'eux et mêlait ses flocons blancs à l'écume des torrents débordés.

En passant devant la chapelle élevée en mémoire du massacre de la légion thébaine, Gérande, Aubert et Scholastique se signèrent précipitamment. Maître Zacharius ne se découvrit pas.

Enfin le village d'Évionnaz apparut au milieu de cette région inculte. Le cœur le plus endurci se fût ému à voir cette bourgade perdue au milieu de ces horribles solitudes. Le vieillard passa outre. Il se dirigea vers la gauche, et il s'enfonça au plus profond des gorges de ces Dents-du-Midi qui mordent le ciel de leurs pics aigus.

Bientôt une ruine, vieille et sombre comme les rocs de sa base, se dressa devant lui.

– C'est là ! là !... s'écria-t-il en précipitant de nouveau sa course effrénée.

Le château d'Andernatt, à cette époque, n'était déjà plus que ruines. Une tour épaisse, usée, déchiquetée, le dominait et semblait menacer de sa chute les vieux pignons qui se dressaient à ses pieds. Ces vastes amoncellements de pierres faisaient horreur à voir. On pressentait, au milieu des encombrements, quelques sombres salles aux plafonds effondrés, et d'immondes réceptacles à vipères.

Une poterne étroite et basse, s'ouvrant sur un fossé rempli de décombres, donnait accès dans le château d'Andernatt. Quels habitants avaient passé par là ? On ne sait. Sans doute, quelque margrave, moitié brigand, moitié seigneur, séjourna dans cette habitation. Au margrave succédèrent les bandits ou les faux-monnayeurs, qui furent pendus sur le théâtre de leur crime. Et la légende disait que, par les nuits d'hiver, Satan venait conduire ses sarabandes traditionnelles sur le penchant des gorges profondes où s'engloutissait l'ombre de ces ruines !

Maître Zacharius ne fut point épouvanté de leur aspect sinistre. Il parvint à la poterne. Personne ne l'empêcha de passer. Une grande et ténébreuse cour s'offrit à ses yeux. Personne ne l'empêcha de la traverser. Il gravit une sorte de plan incliné qui conduisait à l'un de ces longs corridors, dont les arceaux semblent écraser le jour sous leurs pesantes retombées. Personne ne s'opposa à son passage. Gérande, Aubert, Scholastique le suivaient toujours.

Maître Zacharius, comme s'il eût été guidé par une main invisible, semblait sûr de sa route et marchait d'un pas rapide. Il arriva à une vieille porte vermoulue qui s'ébranla sous ses coups, tandis que les chauves-souris traçaient d'obliques cercles autour de sa tête.

Une salle immense, mieux conservée que les autres, se présenta à lui. De hauts panneaux sculptés en revêtaient les murs, sur lesquels des larves, des goules, des tarasques semblaient s'agiter confusément. Quelques fenêtres, longues et étroites, pareilles à des meurtrières, frissonnaient sous les décharges de la tempête.

Maître Zacharius, arrivé au milieu de cette salle, poussa un cri de joie.

Sur un support en fer accolé à la muraille reposait cette horloge où résidait maintenant sa vie tout entière. Ce chef-d'œuvre sans égal représentait une vieille église romane, avec ses contreforts en fer forgé et son lourd clocher, où se trouvait une sonnerie complète pour l'antienne du jour, l'angélus, la messe, les vêpres, complies et salut. Au-dessus de la porte de l'église, qui s'ouvrait à l'heure des offices, était creusée une rosace, au centre de laquelle se mouvaient deux aiguilles, et dont l'archivolte reproduisait les douze heures du cadran sculptées en relief. Entre la porte et la rosace, ainsi que l'avait raconté la vieille Scholastique, une maxime relative à l'emploi de chaque instant de la journée apparaissait dans un cadre de cuivre. Maître Zacharius avait autrefois réglé cette succession de devises avec une sollicitude toute chrétienne ; les heures de prière, de travail, de repas, de récréation et de repos se suivaient selon la discipline religieuse, et devaient infailliblement faire le salut d'un observateur scrupuleux de leurs recommandations.

Maître Zacharius, ivre de joie, allait s'emparer de cette horloge, quand un effroyable rire éclata derrière lui.

Il se retourna, et, à la lueur d'une lampe fumeuse, il reconnut le petit vieillard de Genève.

— Vous ici ! s'écria-t-il.

Gérande eut peur. Elle se pressa contre son fiancé.

— Bonjour, maître Zacharius, fit le monstre.

— Qui êtes-vous ?

— Le seigneur Pittonaccio, pour vous servir ! Vous êtes venu me donner votre fille ! Vous vous êtes souvenu de mes paroles : « Gérande n'épousera pas Aubert. »

Le jeune ouvrier s'élança sur Pittonaccio, qui lui échappa comme une ombre.

— Arrête, Aubert ! dit maître Zacharius.

— Bonne nuit, fit Pittonaccio, qui disparut.

— Mon père, s'écria Gérande, fuyons ces lieux maudits !… Mon père !…

Maître Zacharius n'était plus là. Il poursuivait à travers les étages effondrés le fantôme de Pittonaccio. Scholastique, Aubert et Gérande demeurèrent, anéantis, dans cette salle immense. La jeune fille était tombée sur un fauteuil de pierre ; la vieille servante s'agenouilla près d'elle et pria. Aubert demeura debout à veiller sur sa fiancée. De pâles lueurs serpentaient dans l'ombre, et le silence n'était interrompu que par le travail de ces petits animaux qui rongent les bois antiques et dont le bruit marque les temps de l'« horloge de la mort ».

Aux premiers rayons du jour, ils s'aventurèrent tous trois par les escaliers sans fin qui circulaient sous cet amas de pierres. Pendant deux heures, ils errèrent ainsi sans rencontrer âme qui vive, et n'entendant qu'un écho lointain répondre à leurs cris. Tantôt ils se trouvaient enfouis à cent pieds sous terre, tantôt ils dominaient de haut ces montagnes sauvages.

Le hasard les ramena enfin à la vaste salle qui les avait abrités pendant cette nuit d'angoisses. Elle n'était plus vide. Maître Zacharius et Pittonaccio y causaient ensemble, l'un debout et raide comme un cadavre, l'autre accroupi sur une table de marbre.

Maître Zacharius, ayant aperçu Gérande, vint la prendre par la main et la conduisit vers Pittonaccio en disant :

— Voilà ton maître et seigneur, ma fille ! Gérande, voilà ton époux !

Gérande frissonna de la tête aux pieds.

— Jamais ! s'écria Aubert, car elle est ma fiancée.

— Jamais ! répondit Gérande comme un écho plaintif.

Pittonaccio se prit à rire.

— Vous voulez donc ma mort ? s'écria le vieillard. Là, dans cette horloge, la dernière qui marche encore de toutes celles qui sont sorties de mes mains, là est renfermée ma vie, et cet homme m'a dit : « Quand j'aurai ta fille, cette horloge t'appartiendra. » Et cet homme ne veut pas la remonter ! Il peut la briser et me précipiter dans le néant ! Ah ! ma fille ! tu ne m'aimerais donc plus !

— Mon père ! murmura Gérande en reprenant ses sens.

— Si tu savais combien j'ai souffert loin de ce principe de mon existence ! reprit le vieillard. Peut-être ne soignait-on pas cette horloge ! Peut-être laissait-on ses ressorts s'user, ses rouages s'embarrasser ! Mais maintenant, de mes propres mains, je vais soutenir cette santé si chère, car il ne faut pas que je meure, moi, le grand horloger de Genève ! Regarde, ma fille, comme ces aiguilles avancent d'un pas sûr ! Tiens, voici cinq heures qui vont sonner ! Écoute bien, et regarde la belle maxime qui va s'offrir à tes yeux.

Cinq heures tintèrent au clocher de l'horloge avec un bruit qui résonna douloureusement dans l'âme de Gérande, et ces mots parurent en lettres rouges :

Il faut manger les fruits de l'arbre de science.

Aubert et Gérande se regardèrent avec stupéfaction. Ce n'étaient plus les orthodoxes devises de l'horloger catholique ! Il fallait que le souffle de Satan eût passé par là. Mais Zacharius n'y prenait plus garde, et il reprit :

— Entends-tu, ma Gérande ? Je vis, je vis encore ! Écoute ma respiration !… Vois le sang circuler dans mes veines !… Non ! tu ne voudrais pas tuer ton père, et tu accepteras cet homme pour époux, afin que je devienne immortel et que j'atteigne enfin la puissance de Dieu !

À ces mots impies, la vieille Scholastique se signa, et Pittonaccio poussa un rugissement de joie.

– Et puis, Gérande, tu seras heureuse avec lui ! Vois cet homme, c'est le Temps ! Ton existence sera réglée avec une précision absolue ! Gérande ! puisque je t'ai donné la vie, rends la vie à ton père !

– Gérande, murmura Aubert, je suis ton fiancé !

– C'est mon père ! répondit Gérande en s'affaissant sur elle-même.

– Elle est à toi ! dit maître Zacharius. Pittonaccio, tu tiendras ta promesse !

– Voici la clef de cette horloge, répondit l'horrible personnage.

Maître Zacharius s'empara de cette longue clef, qui ressemblait à une couleuvre déroulée, et il courut à l'horloge, qu'il se mit à remonter avec une rapidité fantastique. Le grincement du ressort faisait mal aux nerfs. Le vieil horloger tournait, tournait toujours, sans que son bras s'arrêtât, et il semblait que ce mouvement de rotation fût indépendant de sa volonté. Il tourna ainsi de plus en plus vite et avec des contorsions étranges, jusqu'à ce qu'il tombât de lassitude.

– La voilà remontée pour un siècle ! s'écria-t-il.

Aubert sortit de la salle comme fou. Après de longs détours, il trouva l'issue de cette demeure maudite et s'élança dans la campagne. Il revint à l'ermitage de Notre-Dame du Sex, et il parla au saint homme avec des paroles si désespérées que celui-ci consentit à l'accompagner au château d'Andernatt.

Si, pendant ces heures d'angoisses, Gérande n'avait pas pleuré, c'est que les larmes s'étaient épuisées dans ses yeux.

Maître Zacharius n'avait pas quitté cette immense salle. Il venait à chaque minute écouter les battements réguliers de la vieille horloge.

Cependant, dix heures avaient sonné, et, à la grande épouvante de Scholastique, ces mots étaient apparus sur le cadre d'argent :

L'homme peut devenir l'égal de Dieu.

Non seulement le vieillard n'était plus choqué par ces maximes impies, mais il les lisait avec délire et se complaisait à ces pensées d'orgueil, tandis que Pittonaccio tournait autour de lui.

L'acte de mariage devait se signer à minuit. Gérande, presque inanimée, ne voyait et n'entendait plus. Le silence n'était interrompu que par les paroles du vieillard et les ricanements de Pittonaccio.

Onze heures sonnèrent. Maître Zacharius tressaillit, et d'une voix éclatante lut ce blasphème :

L'homme doit être l'esclave de la science,
et pour elle sacrifier parents et famille.

— Oui, s'écria-t-il, il n'y a que la science en ce monde !

Les aiguilles serpentaient sur ce cadran de fer avec des sifflements de vipère, et le mouvement de l'horloge battait à coups précipités.

Maître Zacharius ne parlait plus ! Il était tombé à terre, il râlait, et de sa poitrine oppressée il ne sortait que ces paroles entrecoupées :

— La vie ! la science !

Cette scène avait alors deux nouveaux témoins : l'ermite et Aubert. Maître Zacharius était couché sur le sol. Gérande, près de lui, plus morte que vive, priait…

Soudain, on entendit le bruit sec qui précède la sonnerie des heures.

Maître Zacharius se redressa.

— Minuit, s'écria-t-il.

L'ermite étendit la main vers la vieille horloge… et minuit ne sonna pas.

Maître Zacharius poussa alors un cri qui dut être entendu de l'enfer, lorsque ces mots apparurent :

> *Qui tentera de se faire l'égal de Dieu*
> *sera damné pour l'éternité !*

La vieille horloge éclata avec un bruit de foudre, et le ressort, s'échappant, sauta à travers la salle avec mille contorsions fantastiques. Le vieillard se releva, courut après, cherchant en vain à le saisir et s'écriant :

– Mon âme ! mon âme !

Le ressort bondissait devant lui, d'un côté, de l'autre, sans qu'il parvînt à l'atteindre !

Enfin Pittonaccio le saisit, et, proférant un horrible blasphème, il s'engloutit sous terre.

Maître Zacharius tomba à la renverse. Il était mort.

. . . .

Le corps de l'horloger fut inhumé au milieu des pics d'Andernatt. Puis, Aubert et Gérande revinrent à Genève, et, pendant les longues années que Dieu leur accorda, ils s'efforcèrent de racheter par la prière l'âme du réprouvé de la science.

ANONYME — *Le pavillon des Parfums-Réunis* et autres nouvelles chinoises des Ming
Mélange de poésie, de raffinement et d'érotisme délicat, ces nouvelles des Ming nous entraînent dans un voyage sensuel et chatoyant.

CICÉRON — *« Le bonheur dépend de l'âme seule » Tusculanes, livre V*
Avec clarté et pragmatisme, Cicéron se propose de nous guider sur les chemins de la sagesse et du bonheur.

Thomas DAY — *L'automate de Nuremberg*
Sur fond de campagnes napoléoniennes, un voyage initiatique à la croisée des genres pour entrer dans l'univers de Thomas Day.

Lafcadio HEARN — *Ma première journée en Orient* suivi de *Kizuki le sanctuaire le plus ancien du Japon*
Pour découvrir le Japon, ses mystères et ses charmes, quel meilleur guide qu'un poète voyageur ? Suivez-le...

Rudyard KIPLING — *Une vie gaspillée* et autres nouvelles
Une chronique de l'Inde victorienne pleine de finesse et d'humour par l'auteur du *Livre de la jungle*.

D. H. LAWRENCE — *L'épine dans la chair* et autres nouvelles
L'auteur de *L'Amant de lady Chatterley* nous offre trois portraits de femmes prisonnières des convenances, mais aussi de leurs désirs.

Luigi PIRANDELLO — *Eau amère* et autre nouvelles
Quelques nouvelles aussi acides que malicieuses sur les relations entre les hommes et les femmes.

Jules VERNE — *Les révoltés de la Bounty* suivi de *Maître Zacharius*
Respirez l'air du large et embarquez sous les ordres du capitaine Verne pour une aventure devenue légendaire !

Anne WIAZEMSKY — *L'île*
Les rêves et les inquiétudes d'une femme amoureuse racontés avec sensibilité et tendresse par l'auteur de *Jeune fille*.

Et dans la série « Femmes de lettres » :

Simone de BEAUVOIR   *La femme indépendante*
Agrégée de philosophie, unie à Jean-Paul Sartre par un long compa-
gnonnage affectif et intellectuel, Simone de Beauvoir (1908-1986) pu-
blie en 1949 *Le deuxième sexe*, dont on trouvera ici quelques pages
marquantes. Ce texte fait d'elle l'une des grandes figures du féminisme
du xxᵉ siècle et lui assure une renommée internationale.

Dans la même collection

R. AKUTAGAWA   *Rashômon* et autres contes (Folio
                      n° 3931)

AMARU   *La Centurie. Poèmes amoureux de
                      l'Inde ancienne* (Folio n° 4549)

M. AMIS   *L'état de l'Angleterre* précédé de
                      Nouvelle carrière (Folio n° 3865)

H. C. ANDERSEN   *L'elfe de la rose* et autres contes du
                      jardin (Folio n° 4192)

ANONYME   *Conte de Ma'rûf le savetier* (Folio
                      n° 4317)

ANONYME   *Le poisson de jade et l'épingle au
                      phénix* (Folio n° 3961)

ANONYME   *Saga de Gísli Súrsson* (Folio
                      n° 4098)

G. APOLLINAIRE   *Les Exploits d'un jeune don Juan*
                      (Folio n° 3757)

ARAGON   *Le collaborateur* et autres nouvelles
                      (Folio n° 3618)

I. ASIMOV   *Mortelle est la nuit* précédé de
                      Chante-cloche (Folio n° 4039)

S. AUDEGUY   *Petit éloge de la douceur* (Folio
                      n° 4618)

Composition Nord Compo
Impression Novoprint
à Barcelone, le 4 décembre 2007
Dépôt légal : décembre 2007

ISBN 978-2-07-034956-2./Imprimé en Espagne.